Brandend geld

Wilt u op de hoogte worden gehouden van de romans en literaire thrillers van uitgeverij Signatuur? Meldt u zich dan aan voor de literaire nieuwsbrief via onze website www.uitgeverijsignatuur.nl.

Ricardo Piglia

Brandend geld

Vertaald door Harriët Peteri

SIGNATUUR

2009

© Ricardo Piglia, 2000
c/o Guillermo Schavelzon & Assoc., Literary Agency
info@schavelzon.com
Oorspronkelijke titel: Plata quemada
Vertaald uit het Spaans door: Harriët Peteri
© 2009 uitgeverij Signatuur, Utrecht en Harriët Peteri
Alle rechten voorbehouden.

Omslagontwerp: Wil Immink Design
Omslagfoto: Chaloner Woods/Getty Images
Foto auteur: Eduardo Grossman
Typografie: Pre Press B.V., Zeist
Druk- en bindwerk: Koninklijke Wöhrmann, Zutphen

ISBN 978 90 5672 297 5
NUR 302

Voor de vertaling werd een werkbeurs verstrekt door
de Stichting Fonds voor de Letteren.

Dit boek is gedrukt op papier dat het keurmerk van de Forest Stewardship Council (FSC) mag dragen. Bij dit papier is het zeker dat de productie niet tot bosvernietiging heeft geleid. Een flink deel van de grondstof is afkomstig uit bossen en plantages die worden beheerd volgens de regels van FSC. Van het andere deel van de grondstof is vastgesteld dat hiervoor geen houtkap in de laatste resten waardevol bos heeft plaatsgevonden. Daarom mag dit papier het FSC Mixed Sources label dragen. Voor dit boek is het FSC-gecertificeerde Munkenprint gebruikt. Dit papier is 100% chloor- en zwavelvrij gebleekt en wordt geleverd door Arctic Paper Munkedals AB, Zweden.

voor Gerardo Gandini

Wat is het beroven van een bank in vergelijking met het oprichten ervan?

– Bertolt Brecht

1

Ze worden de tweeling genoemd omdat ze onafscheidelijk zijn. Maar het zijn geen broers, ze lijken niet eens op elkaar. Zelden kom je zulke verschillende types tegen. Wat ze wel gemeenschappelijk hebben is hun manier van kijken, met die kalme, lichte ogen en iets wezenloos in die wantrouwende blik. Dorda is een stevige, rustige man met een blozend gezicht, die graag lacht. Brignone is mager, tenger gebouwd en beweeglijk, heeft zwart haar en een zeer bleke huid, alsof hij langer in de gevangenis heeft gezeten dan werkelijk het geval is.

Ze verlieten de metro op station Bulnes en bleven staan voor de etalage van een fotowinkel, om er zeker van te zijn dat niemand hen volgde. Het waren twee opvallende, bijzonder uitziende mannen, ze hadden iets weg van een stel boksers of een stel werknemers van een begrafenisonderneming. Ze waren elegant gekleed, in donkere pakken, met kort haar en verzorgde handen. Het was een rustige avond, een van die frisse lenteavonden met helder, wit licht. De mensen kwamen van kantoor en gingen in gedachten verzonken naar huis.

Ze wachtten tot het licht op groen was gesprongen en staken toen de Avenida Santa Fe over in de richting van de Calle Arenales. Ze hadden op Constitución de metro genomen en waren een aantal keren overgestapt, waarbij ze er goed op letten dat niemand hen volgde. Dorda was zeer bijgelovig, hij zag altijd in alles een slecht voorteken en had allerlei obsessies die hem het leven moeilijk maakten. Hij reed graag in de ondergrondse, hij hield van het gelige licht op de perrons en in de tunnels, hield ervan in een lege wagon te gaan zitten en zomaar wat rond te rijden. Als hij in gevaar was (en dat was hij altijd) voelde hij zich al reizend door de ingewanden van de stad beschermd en veilig.

Brignone probeerde hem te kalmeren.

'Het komt allemaal goed, alles is onder controle.'

'Het bevalt me niet dat er zoveel man meedoen.'

'Als er iets met je gebeurt, dan gebeurt dat toch, ook al doet er niemand mee. Als je pech hebt, kan niemand je helpen. Als je een pakje sigaretten koopt en even niet oplet, ben je er ook geweest.'

'En waarom moeten we nu ineens allemaal samenwerken?'

Eerst moet je een overval goed plannen en dan moet je snel te werk gaan, zodat het plan niet kan uitlekken. Snel wil zeggen binnen twee, drie dagen vanaf het moment dat je de eerste informatie krijgt, totdat je een veilig onderkomen in een ander land hebt gevonden. Je moet altijd betalen, geld op tafel leggen, en daarmee loop je het risico dat de tipgever de informatie ook aan een andere groep verkoopt.

De tweeling was op weg naar hun post, een appartement in de Calle Arenales. Een keurige woning in een veilige buurt, tegenover het straatje dat uitkomt bij de bierbrouwerij. Dat appartement hadden ze gehuurd als centraal punt van waaruit ze hun acties konden coördineren.

'Het is een optrekje in een chique buurt, alleen maar

een schuilhol om het zaakje op poten te zetten en af te wachten,' had Malito gezegd toen hij hen benaderde.

De tweelingen waren zware jongens, mannen van actie, en Malito had zijn kaarten op hen gezet en hun alle informatie gegeven. Maar altijd wantrouwend, die Malito, dat wel, extreem voorzichtig met allerlei veiligheids- en controlemaatregelen, op het ziekelijke af, je kreeg hem ook bijna nooit te zien. Hij was de onzichtbare man, het magische brein, hij werkte op afstand, had een merkwaardige kring van kennissen, contacten en connecties, 'gekke Mala', zoals Dorda, die zelf gek was, hem noemde. Want hij heette kortweg Malito, dat was zijn achternaam. In Devoto had hij ooit een smeris gekend die Verdugo heette, dat was nog erger, als je Verdugo heette, of Esclavo, er was ook iemand die Delator heette, met zo'n achternaam kon je nog beter Malito heten. De anderen hadden bijnamen (Brignone was el Nene, Dorda was de Blonde Gaucho) maar Malito had geen pseudoniem meer nodig. Een muizensnuit, dicht bij elkaar staande oogjes, geen kin, rossig haar en vrouwenhanden, heel beheerst en razend intelligent. Hij had verstand van motoren en bommen, kon zo'n ding in twee minuten in elkaar zetten, frummelde wat met zijn vingers en had dan de klok ingesteld en de flesjes nitraat aangebracht, dat alles zonder te kijken, als een blinde, bewoog even als een pianist met zijn handen en kon een politiebureau de lucht in laten vliegen.

Malito was de baas. Hij had ook de plannen gemaakt en de contacten gelegd met de politici en de politiemannen die hem de gegevens, de plattegronden en de details hadden verstrekt en aan wie ze de helft van de poet moesten overdragen. Er deden er heel wat mee in deze zaak, maar Malito dacht dat zij tien tot twaalf uur voorsprong hadden en de anderen konden laten zitten, dan zouden ze er zelf met de poen vandoor gaan en naar Uruguay oversteken.

Aan het eind van de middag hadden ze zich in twee groepen opgesplitst. De tweeling ging naar het appartement in Arenales om alle stappen van de operatie nog eens helemaal door te nemen. Ondertussen had Malito een kamer gehuurd in een hotel tegenover de plek waar hij van plan was de overval te plegen. Vanuit zijn hotelkamer keek hij naar het centrale plein van San Fernando en het gebouw van de Provinciale Bank en probeerde zich de gang van zaken voor te stellen: de timing van de actie, de vlucht tegen de richting in en de hoeveelheid verkeer op dat uur.

De Kaiser-terreinwagen van de schatbewaarder zou naar links rijden, met de wijzers van de klok mee, en zij zouden er frontaal op af moeten rijden en hem moeten laten stoppen voordat hij de toegangspoort van het gemeentehuis binnen zou rijden. Door de rijrichting waren ze gedwongen het hele plein rond te rijden en de wagen halverwege de pas af te snijden. Ze zouden de chauffeur en de bewakers moeten doden voordat die zich konden verdedigen, want het enige wat in hun voordeel werkte was het verrassingselement.

Sommige getuigen verzekeren dat ze Malito samen met een vrouw in het hotel hebben gezien. Andere beweren dat ze alleen twee mannen hebben gezien en geen vrouw. Een van de twee was een nerveuze, magere jongeman die zichzelf voortdurend een shot toediende, de Kromme Bazán, die zich die middag inderdaad samen met Malito in de hotelkamer in San Fernando bevond en door het raam elke beweging bij de bank

in de gaten hield. Na de overval hield de politie huiszoeking en in de badkamer werden naalden en een
lepel en spiegeltjes aangetroffen die daar waren achtergelaten. De politie veronderstelde dat de Kromme de
jongeman was die beneden in de bar om een alcohol-
brander had gevraagd. Zoals gewoonlijk spreken de
getuigen elkaar voortdurend tegen, maar ze zijn het er
allemaal over eens dat de jongen eruitzag als een acteur
en dat hij een wezenloze blik had. Daaruit werd gecon-
cludeerd dat hij degene was die voor de overval heroïne
had gespoten en om een aansteker had gevraagd om
het spul op te warmen. Hij kreeg van de getuigen meteen de bijnaam 'het Jochie', waardoor men hem later
ging verwarren met Brignone en verschillende mensen
beweerden dat ze een en dezelfde persoon waren, die
door iedereen 'het Jochie' werd genoemd. Een mager,
hypernerveus type dat zijn pistool in zijn linkerhand
hield, met de loop naar boven gericht, als een agent in
burger.

In dergelijke situaties voelen toeschouwers hoe hun
bloed zich vult met adrenaline en raken ze opgewonden en verblind, omdat ze getuige zijn van een gebeurtenis die glashelder maar tegelijk ook duister is. Sommigen zagen een auto voor de Kaiser-terreinwagen
langsrijden en hoorden een oorverdovend geknal,
waarna een stervende man op de grond met zijn benen
lag te trekken.

Misschien waren ze van plan om, als ze na de overval
niet weg konden komen, het hotel in te vluchten. Het
meest waarschijnlijke is dat twee kerels vanuit het hotel
de bank in de gaten hielden en dat drie andere kwamen
aanrijden in een opgevoerde Chevrolet 400, want daar
zijn alle versies het in elk geval over eens. Razendsnel,

die wagen, misschien was een van de boeven wel monteur en had hij net zo lang aan de motor gesleuteld tot hij als een speer liep en wel 5000 toeren kon maken.

San Fernando is een buitenwijk van Buenos Aires, met rustige, lommerrijke straten en grote villa's uit het begin van de vorige eeuw, die nu als school worden gebruikt of leegstaan langs de oever hoog boven de rivier.

Het plein lag er rustig bij in het witte lentelicht.

Terwijl Malito en de Kromme Bazán de avond en nacht tevoren in het hotel in San Fernando doorbrachten, had de rest van de bende zich opgesloten in het appartement in de Calle Arenales. Ze hadden ergens in de provincie een auto gejat en die in de keldergarage gezet. Via de diensttrap hadden ze de spullen naar boven gebracht en waren daar verder gebleven, met neergelaten rolgordijnen, om op nadere orders te wachten en de uren te laten verstrijken.

Er is niets erger dan de dag tevoren, als alles al gereed is en je alleen nog maar naar buiten moet gaan en in actie moet komen, want dan ben je ineens helderziend, dan krijg je visioenen, zie je in alles een slecht voorteken, is iedereen een verklikker die alles wat hem opvalt aan de politie doorspeelt zodat je in een hinderlaag wordt gelokt, want als het 'vuile boel' is (zoals Dorda het noemt) moet je alles afblazen, gewoon opnieuw beginnen en wachten tot de volgende maand.

De overdracht vond altijd op de 28e van de maand plaats, om drie uur 's middags: dan werd het geld van de Provinciale Bank naar het gemeentehuis gebracht. Een wagen vol poen, bijna zeshonderdduizend dollar, die om het gebouw heen reed en dan van links naar rechts de lijn van het plein volgde. Het duurde in totaal zes minuten vanaf het moment dat ze met het geld de bank uit kwamen en het in de terreinwagen laadden tot ze het via de achteringang het gemeentehuis binnen brachten.

'Één ding kan ik je wel vertellen, jongetje,' zei el Nene Brignone lachend tegen Dorda, 'dat je nog nooit hebt meegedaan aan zo'n "wetenschappelijke" onderneming als deze, we hebben echt alles onder controle.'

Dorda keek hem onzeker aan en nam een slok bier uit het flesje. Hij lag in hemdsmouwen en zonder schoenen aan op de bank in de zitkamer aan de Calle Arenales, met zijn gezicht naar de tv, die zonder geluid stond te flakkeren. Het was stil in het appartement, het was nieuw en het was er schoon, en alle papieren waren in orde. De chauffeur van de bende, de Kraai Mereles, had het gehuurd voor zijn 'verloofde', zei hij, en in de buurt dacht iedereen dat Mereles een grootgrondbezitter uit de provincie Buenos Aires was die het meisje en haar familie onderhield. De familie van de verloofde was op vakantie in Mar del Plata en het appartement vormde nu wat Malito zijn 'operatiebasis' noemde.

Ze moesten die nacht voorzichtig zijn, zich niet laten zien, met niemand praten, zich koest houden. Beneden, in de tweede kelder van het gebouw, was een telefoon en daarmee hadden ze om de twee à drie uur contact met de hotelkamer in San Fernando.

'Gebruik altijd de telefoon in de garage, bel nooit met het toestel in de woning,' had Malito gezegd.

Hij had allerlei obsessies, Malito, en een daarvan was de telefoon. Volgens hem werden alle telefoons in de stad afgetapt. Maar hij, die malle Mala, had nog meer rare trekjes, tenminste volgens Dorda, die nog veel gestoorder was. Hij kon niet tegen zonlicht, kon niet tegen veel mensen bij elkaar en waste zijn handen voortdurend met pure alcohol. Hij hield van het droge, verfrissende gevoel van alcohol op zijn huid. Men zei dat zijn vader arts was en artsen wassen na een visite hun handen immers met alcohol, die wassen zich tot aan hun ellebogen, en hij had die gewoonte overgenomen.

'Alle ziektekiemen,' legde Malito soms uit, 'worden overgebracht via de handen, via de nagels. Als mensen elkaar geen hand zouden geven, zouden er tien procent minder mensen sterven, namelijk al die mensen die nu door die beestjes sterven.'

Het aantal doden door geweld was (volgens hem) minder dan de helft van het aantal doden door besmettelijke ziekten en toch nam niemand ooit artsen gevangen (zei Malito vaak lachend). Soms stelde hij zich voor dat vrouwen en kinderen met chirurgenhandschoenen en mondkapjes over straat liepen, dat ze allemaal gemaskerd door de stad liepen om ziekten en lichamelijk contact te vermijden.

Malito kwam uit Rosario. Hij had vier jaar aan de Technische Hogeschool gestudeerd en soms liet hij zich 'de Ingenieur' noemen, hoewel iedereen het stiekem over hem had als over 'Steekje-Los'. Omdat hij geschift was, maar ook vanwege de littekens die hij op zijn lichaam had, littekens die op een soort grote naden leken, overgehouden aan een pak slaag met een stalen beddenveer in een politiebureau in Turdera, door een beest van een agent van de provinciale politie. Malito was later achter hem aan gegaan, kreeg de man op een avond te pakken toen deze in Varela uit de bus stapte en verdronk hem in een slootje langs de weg. Hij liet hem knielen, duwde zijn hoofd in de modder, trok naar men beweert zijn broek naar beneden en verkrachtte de smeris terwijl deze met zijn hoofd onder water lag te spartelen. Dat zeggen ze althans. Aardige kerel, die Malito, toffe gozer, maar wel een beetje sluw. In het milieu zijn er maar weinigen zoals hij. Hij weet het altijd zo te spelen dat anderen doen wat hij wil, terwijl ze denken dat het hun eigen idee was.

En ook heeft niemand zoveel geluk als Malito. Die heeft een god voor zich alleen. En het aureool dat hij nooit faalt, waardoor iedereen met hem wil werken. Daardoor had hij binnen twee dagen de overval op de geldwagen van de gemeente San Fernando geregeld. Een grote zaak, beslist geen makkie (volgens de Kromme Bazán), waarbij meer dan een half miljoen op het spel stond.

Beneden in de kelder die bij het appartement aan de Calle Arenales hoorde was dus een telefoon, in een houten hokje, en van daaruit praatten ze de avond tevoren met Malito. Deze had de overval als een militaire operatie gepland en hun strikte instructies gegeven, en de betrokkenen namen nu voor de laatste keer het plan door.

De Kraai Mereles, een magere jongeman met uitpuilende ogen, had een vel papier met daarop een plattegrond van het plein en was bijna klaar met het doornemen van de belangrijkste details.

'We hebben vier minuten. De geldwagen komt vanaf de bank en moet het plein via deze kant rondrijden. Ja toch?'

De tipgever was een tangozanger die zich Fontán Reyes liet noemen. Hij was als laatste in de woning aan de Calle Arenales gearriveerd, en zenuwachtig en bleek was hij in een hoekje gaan zitten. Na de vraag van de

Kraai bleef het stil en keek iedereen zijn kant op. Toen stond Reyes op en liep naar de tafel.

'De wagen komt aanrijden met de raampjes open,' zei hij.

Alles moest bij daglicht gebeuren, om tien over drie 's middags, in het centrum van San Fernando. Het geld voor de lonen werd vanuit de bank naar het gemeentehuis gebracht, dat tweehonderd meter verderop lag. Door het eenrichtingsverkeer moest de geldwagen het hele plein rondrijden.

'Gemiddeld duurt dat tussen de zeven en tien minuten, afhankelijk van het verkeer.'

'En hoeveel bewakers zijn er?' vroeg el Nene.

'Eén hier en één hier, en één in de wagen. In totaal dus drie.'

Reyes was gespannen. Eigenlijk doodsbang (naar hij later verklaarde). Fontán Reyes was zijn artiestennaam, zijn ware naam was Atir Omar Nocito en hij was negenendertig jaar oud, had in het orkest van Juan Sánchez Gorio gezongen en op radio en televisie opgetreden en zelfs een plaat opgenomen met twee tango's, *Esta noche de copas* en *Noche de locura*, begeleid door de pianist Osvaldo Manzi. Het hoogtepunt van zijn succes beleefde hij op het carnaval van 1960, toen hij als opvolger van Argentino Ledesma debuteerde bij Héctor Varela. Maar vrijwel meteen had hij drugsproblemen gekregen. In juni reisde hij naar Chili, als duo met Raúl Lavié, maar na een maand begaf zijn stem het en kon hij niet meer zingen. Te veel cocaïne, dacht iedereen. In elk geval moest hij terug naar huis en vanaf dat moment ging het bergafwaarts met hem en uiteindelijk zong hij in een bar in Almagro, slechts begeleid door gitaren. De laatste tijd had hij wat gigs op festivals en dansavonden in clubs gehad en wat in bordelen in de voorsteden opgetreden.

Geluk is een vreemd iets, het komt juist als niemand het verwacht. Op een avond, in een kroeg, kwamen er een paar mannen langs om Reyes wat informatie door te spelen en als in een droom hoorde hij over een hele vette zaak. Hij begreep dat dit zijn kans was om de hoofdprijs binnen te halen. Dus belde hij Malito. Fontán Reyes wilde alleen snel zijn deel opstrijken, maar die avond in het appartement aan de Calle Arenales voelde hij dat hij er middenin zat en wist niet hoe hij ertussenuit moest knijpen. Hij was bang, de tangozanger, bang voor alles (en vooral, zei hij, voor Gaucho Dorda, een halvegare, een geestelijk gestoorde), bang dat ze hem zouden vermoorden voordat ze hem zijn deel hadden gegeven, dat ze hem zouden aangeven, dat de politie hem als lokaas gebruikte. Hij was wanhopig, zat aan de grond en wilde verandering in die situatie brengen. Zijn droom was de slag van zijn leven te slaan, geld te beuren en zich uit de voeten te maken, ergens anders opnieuw te beginnen (onder een andere naam, in een ander land), met het geld een Argentijns restaurant in New York op te zetten met een latino klantenkring. Ooit was hij samen met Juan Sánchez Gorio op doorreis in Manhattan geweest en toen hadden ze Charlie's op West 53rd Street, een restaurant dat gerund werd door een Cubaan die wild was van de tango, helemaal plat gespeeld. Hij had geld nodig om zich daar te installeren, want de Cubaan had beloofd hem te helpen als hij met een startkapitaal naar New York zou komen, maar het werd allemaal steeds gevaarlijker omdat hij zich had moeten inlaten met deze types die altijd high leken, alsof ze net gespoten hadden. Ze moesten om

17

alles lachen en sliepen nooit. Zware jongens, moordenaars, die mensen voor de lol vermoordden, die niet te vertrouwen waren.

Zijn oom, Nino Nocito, was een voormalig kopstuk van het nu verboden peronisme in het District Noord, leider van de Unión Popular en waarnemend voorzitter van de gemeenteraad van San Fernando. Een paar dagen daarvoor was zijn oom toevallig aanwezig geweest bij een vergadering van de financiële commissie en had alles gehoord. Die avond was hij gaan luisteren naar een optreden van zijn neef in een obscuur kroegje op de hoek van Serrano en Honduras en bij de tweede fles wijn begon hij te praten.

'Fontán … het gaat om minstens vijf miljoen.'

Ze moesten een bende in de arm nemen waarop ze konden bouwen, een groep professionals die de operatie op zich zou nemen. Reyes moest beloven dat hij zijn oom zou dekken.

'Niemand mag weten dat ik hierbij betrokken ben. Echt niemand,' zei Nocito. Hij wilde ook niet weten wie de klus zou klaren. Hij wilde alleen maar de helft van de helft, dus vijfenzeventigduizend dollar schoon (volgens zijn berekeningen).

Fontán Reyes zou de overvallers opwachten in een woning in Martínez, waar ze zich direct na de overval zouden schuilhouden. Ze gingen ervan uit dat de klus binnen een halfuur geklaard zou zijn.

'Als we er binnen een halfuur niet zijn,' zei de Kraai Mereles, 'dan wil dat zeggen dat we naar de tweede post gaan.'

Fontán Reyes wist niet waar de tweede post was en hij wist ook niet wat dat woord inhield. Malito had het systeem geleerd van Nando Heguilein, een voormalig lid van de Alianza Libertadora Nationalista, met wie hij bevriend was geraakt in de gevangenis van Sierra Chica. Een celstructuur voorkomt een kettingreactie van arrestaties en geeft je de tijd om te ontsnappen (aldus Nando). De aftocht moet altijd gedekt zijn.

'En wat dan?' vroeg Fontán Reyes. 'Als ze niet komen?'

'Als ze niet komen,' zei de Blonde Gaucho, 'maak dan je borst maar nat.'

'Dan wil dat zeggen dat er ergens een probleem is geweest,' zei Mereles.

Fontán Reyes zag de hoeveelheid wapens op de tafel en voor het eerst besefte hij dat het nu alles of niets was. Tot dan toe had hij alleen als stroman voor vuile zaakjes van vrienden gefungeerd. Hij had hun na een overval weleens onderdak in zijn huis in Olivos verleend, dope naar Montevideo gesmokkeld of wat 'ravioli' in kroegen bij de haven verkocht. Kleine klusjes, maar deze keer was het anders. Hier waren wapens in het spel, hier zouden doden vallen, hij was rechtstreeks medeplichtig. Natuurlijk was er een risico verbonden aan zo'n bom duiten.

'Het gaat om minstens een miljoen peso de man,' had zijn oom gezegd.

Met honderdduizend dollar kon hij een kroeg beginnen in New York. Daar wilde hij zich terugtrekken en een rustig leven gaan leiden.

'Heb je iets voor vannacht?' vroeg Mereles, en Fontán Reyes schrok op.

Hij zou op hen wachten op een plek die niemand anders kende en hij zou hen vandaar bellen.

'De operatie zal zo'n zes minuten duren,' herhaalde el Nene. 'Als het langer duurt is dat heel gevaarlijk, want er zijn twee politiebureaus in een straal van twintig huizenblokken.'

'Het belangrijkste is,' zei Fontán Reyes, 'dat er niet gelekt wordt.'

'Je lijkt wel een loodgieter,' zei Dorda.

Op dat moment ging de deur open en kwam er een blond meisje binnen, haast nog een kind, in een minirokje en een gebloemd bloesje. Ze liep op blote voeten en ging om Mereles' nek hangen.

'Heb je nog wat, Pappie?' zei ze.

Mereles reikte haar een spiegeltje aan met daarop wat cocaïne en het meisje ging in een hoekje zitten en begon het spul met een scheermesje fijn te stampen. Vervolgens warmde ze het op met een aansteker, terwijl ze *Yesterday* van Paul McCartney neuriede. Ze had een briefje van vijftig peso tot een hoorntje gerold en stopte dat in haar neusgat, waarna ze met een snurkgeluidje een snuif coke nam. Dorda loerde stiekem naar haar en zag dat ze geen bh droeg, hij kon haar kleine borsten onder haar dunne bloesje zien.

'Het duurt gemiddeld tien minuten, afhankelijk van het verkeer.'

'Er zullen twee bewakers zijn en één juut,' zei Brignone mechanisch.

'We zullen ze allemaal moeten afmaken,' zei Dorda plotseling. 'Als je getuigen laat leven, dan lappen ze je erbij, want het zijn vuile honden.'

Het leven van het meisje was plotseling veranderd en ze liet zich meezuigen in de overtuiging dat ze in haar leven nooit meer zo'n kans zou krijgen. Ze heette Blanca Galeano. In januari was ze in haar eentje naar Mar del Plata gegaan om daar bij een vriendin vakantie te vieren, omdat ze in december haar derde klas middelbare school had afgesloten. Op een avond had ze op de Rambla Mereles leren kennen, een magere, elegante jongeman die in Hotel Provincial verbleef. Mereles deed zich voor als de zoon van een grootgrondbezitter uit de provincie Buenos Aires en Blanquita geloofde hem. Ze was net vijftien geworden en tegen de tijd dat ze erachter kwam wie de Kraai Mereles was en waar hij zich mee bezighield, kon haar dat niet meer schelen. (Integendeel, ze vond hem nog leuker, ze was helemaal wild van deze gangster die haar overlaadde met cadeautjes en al haar wensen vervulde.)

Ze ging bij hem wonen en de leden van de bende loerden als hongerige honden naar haar. Ooit had ze op een veldje een meute uitgehongerde honden aan de ketting gezien die naar alles wat maar bewoog sprongen en onderling verstrikt raakten, en nu had ze datzelfde gevoel. Als Mereles hen los zou laten, zouden ze zich op haar storten. En vroeg of laat zou dat gebeuren. Ze stelde zich voor hoe ze allemaal naar haar keken terwijl zij naakt op haar hoge hakken door de kamer stapte en vervolgens zag ze zichzelf met el Nene in bed liggen, wat Mereles haar al een paar keer had voorgesteld. Moet ik hem halen, vroeg die viespeuk, en dan werd ze geweldig opgewonden. Ze vond die kleine met dat zwarte haar wel leuk, hij was altijd zo bleek en leek even oud als zij. Maar hij was een flikker (volgens de Kraai). Of vind je die grote beer leuker, vroeg Mereles, moet je zien wat een woeste gaucho dat is, en dan moest Blanca lachen en wierp zich op hem. 'Geef me nog een beetje, Pappie,' zei ze, en naakt liep het meisje op haar hoge hakken heen en weer totdat hij haar voor de spiegel zette en zij leunend op de bank klaarkwam.

Ze wilde niet horen wat ze van plan waren en ging

weer naar de slaapkamer terug. Ze waren iets groots aan het bekokstoven (want ze waren altijd iets aan het bekokstoven als ze voortdurend samen zachtjes zaten te praten en dagenlang het huis niet verlieten). Ze moest studeren, want ze wilde de middelbare school afmaken en moest nog twee vakken doen. Ze zou een paar maanden bij Mereles blijven, een soort vakantie, en dan zou alles weer worden zoals vroeger. 'Je moet ervan genieten nu je nog jong bent,' had haar moeder gezegd toen ze geld mee naar huis begon te nemen. Haar vader, don Antonio Galean, had niets in de gaten, wist van niets, werkte op het ministerie van Volksgezondheid, in een gebouw dat leek op een paleis, op de hoek van Río Bamba en Córdoba. Maar haar moeder begon al snel iets te vermoeden, ze klaagde steeds dat haar man niet genoeg verdiende om goed te kunnen leven, en toen ze iets in de gaten kreeg draaide ze het voortdurend zo dat ze met het meisje alleen was en wilde alles weten. Dochters doen altijd wat hun moeder wil. En toen haar moeder Mereles leerde kennen, voelde ze de perverse ogen van de Kraai op haar borsten rusten en begon te lachen. Het meisje keek haar aan en begreep dat ze ook op haar eigen moeder jaloers kon zijn.

'Jullie lijken wel zusjes,' zei Mereles, 'laat me u een kusje geven.'

'Natuurlijk, lieverd,' zei haar moeder, 'je moet goed op mijn Blanquita passen, want als haar vader erachter komt ...'

'Waarachter komt?'

Dat hij getrouwd was. Getrouwd en gescheiden en altijd in de weer met goedkope hoertjes die hij oppikte in clubs bij de haven.

Het meisje ging met haar wiskundeboek op bed liggen en begon aan andere dingen te denken. Mereles had beloofd haar mee te nemen naar het carnaval in Brazilië. Aan de andere kant van de deur waren ze nog zachter gaan praten en ze hoorde alleen af en toe wat gelach.

Dorda leek een beetje doorgedraaid en was een zwart-kijker, zag altijd alles somber in en maakte zwartgallige grappen en daarom moesten ze uiteindelijk altijd allemaal om hem lachen.

'Ze zullen de wegen naar het plein blokkeren en dan zitten we als ratten in de val en zullen ze ons afmaken.'

'Niet zo pessimistisch, Gaucho,' zei de Kraai, 'want Papa zit achter het stuur en die zal het trottoir nemen om de juten te ontwijken.'

Dorda begon te lachen, hij vond het een grappig beeld, die auto die tegen de richting in over het trottoir van het plein scheurde te midden van het geweld van kogels en doden.

2

Op de dag van de overval was de lucht strakblauw. Om twee minuten over drie, op woensdag 27 september 1965, betrad de schatbewaarder Alberto Martínez Tobar het filiaal van de Bank van de Provincie Buenos Aires in San Fernando. Het was een lange man met een rood gezicht en uitpuilende ogen, die onlangs veertig was geworden en nog maar twee uur te leven had. Hij maakte even wat grapjes met de meisjes van de boekhouding en ging toen naar de kelder, waar zich de kluizen en de zwarte tafel met de zakken met geld bevonden. Bankbedienden zaten in hemdsmouwen biljetten te tellen, bij kunstlicht en het gezoem van ventilatoren. Een tombe onder de grond, een kerker vol geld, had de schatbewaarder gedacht. Hij had zijn leven lang in San Fernando gewoond en zijn vader had ook al bij de gemeente gewerkt. Hij had een dochter met een psychische stoornis en de zorg voor haar kostte een vermogen. Meer dan eens had hij de mogelijkheid overwogen om het geld dat hem iedere maand werd toevertrouwd te stelen. Hij was er zelfs weleens tegen zijn vrouw over begonnen.

Soms dacht hij dat het gewoon een kwestie was van een koffertje met vals geld meenemen, het ene met het andere verwisselen en dan rustig wegwandelen. Hij zou dat moeten regelen met de kassier, met wie hij al sinds zijn jeugd bevriend was. Ze zouden het geld samen delen en hun normale leven blijven leiden. Het was voor de kinderen. Hij stelde zich voor dat het geld in een geheime la van zijn klerenkast lag, dat het onder een valse naam op een Zwitserse bank stond, dat het onder de matras verstopt lag, hij stelde zich voor dat hij met de biljetten onder de dekmatras sliep en dat hij het hoorde ritselen als hij zich in slapeloze nachten omdraaide in zijn bed. In dat soort nachten, als hij niet kon slapen, vertelde hij zijn vrouw hoe hij van plan was die koffertjes om te ruilen. Hij praatte voor zich uit in de duisternis en zij luisterde gedwee. Het was een plan dat hem staande hield in het leven en het gaf iets avontuurlijks en iets van persoonlijk belang aan het geldtransport dat hij iedere maand moest uitvoeren

Die middag zette hij het koffertje op de tafel en de bankemployee met de groene klep bekeek de nota vol handtekeningen en stempels en begon stapeltjes van tienduizend peso uit te tellen. Het was een berg geld, 7.203.960 peso, om de lonen van het personeel en de kosten van de onderhoudswerkzaamheden aan het afwateringssysteem te betalen. Ze stopten de stapeltjes nieuwe biljetten in het door het vele gebruik versleten, zwartleren koffertje met allemaal binnen- en zijvakken.

Voordat hij de bank verliet, maakte Martínez Tobar volgens de veiligheidsvoorschriften het koffertje met een kettinkje met een slotje aan zijn linkerpols vast. Later zei iemand dat die nutteloze voorzorgsmaatregel hem fataal was geworden.

Toen hij buitenkwam, zag hij niets. Niemand ziet iets op de momenten die voorafgaan aan een overval. Plotseling steekt er een wind op en ligt er iemand op de grond met een dikke bult op zijn hoofd, zonder te weten wat er gebeurd is. Als iemand wel verdachte bewegingen ziet, is het iemand die eerder iets heeft meegemaakt en nu bang is dat hem weer zoiets zal overkomen.

Martínez Tobar zag wat hij altijd zag zonder het te zien: de vrouw met het boodschappenwagentje, de jongen die met zijn hond rende, de kruidenier die na de siësta zijn winkel weer opendeed, maar hij zag de Kromme Bazán niet die vanuit het café de boel in de gaten hield, terwijl hij aan de bar een glaasje gin stond te drinken en naar de benen keek van het zwangere meisje dat uit de winkel ernaast kwam. Zwangere vrouwen wonden hem op, en de Kromme moest denken aan de vrouw met wie hij het als dienstplichtige deed in een huis in Saavedra terwijl haar man op kantoor zat. Hij had haar opgepikt in de metro, want toen hij voor haar was opgestaan had de vrouw hem bedankt en was tegen hem gaan praten. Ze was even oud als de Kromme, rond de twintig, en zes maanden zwanger, haar huid stond strak en was bijna doorzichtig en hij had allerlei rare standjes moeten bedenken om het met haar te kunnen doen, hij had haar van achteren genomen terwijl ze met één voet op het bed stond en haar gezicht omdraaide en naar hem lachte. Even leidde de gedachte aan de zwangere vrouw in Saavedra – ze heette Graciela of Dora – hem af, maar hij voelde de spanning weer terugkomen toen hij de man met het koffertje en het geld de bank uit zag komen. Hij keek op zijn horloge. Tot op de seconde volgens plan.

De twee veiligheidsagenten stonden op het trottoir te kletsen en nog een man van de gemeente, Abraham Spector, een grote, dikke vent, stond met zijn voet op het spatbord van de Kaiser-terreinwagen en maakte met moeite zijn veter vast. Het was stil op het plein, niks aan de hand.

'Wat doe je, dikzak?' zei de schatbewaarder, en vervolgens begroette hij de mannen van de bewakingsdienst en stapte in de wagen.

De bewakers zaten op de achterbank. Het waren dikke mannen met slaperige gezichten, met hun wapens op hun knieën, ex-veldwachters, voormalige scherpschutters, agenten van politie b.d., die altijd andermans geld, andermans vrouw, andermans luxeauto of landhuis moesten bewaken, trouwe honden op wie je blind kon vertrouwen, handig met wapens en altijd klaar om de orde te handhaven. De ene heette Juan José Balacco, hij was zestig jaar oud en een voormalige politiebeambte, de andere was een gewone agent van de Eerste Divisie van San Fernando, een boom van een kerel van achttien, Francisco Otero, die Ringo Bonavena werd genoemd omdat hij bokser wilde worden en iedere avond trainde in de sportzaal van de Excursionistas, met een Japanner die beloofd had hem kampioen van Argentinië te maken.

Ze moesten de tweehonderd meter afleggen die het bankgebouw (op de ene hoek van het plein) van het gemeentehuis (op de andere hoek) scheidde.

'We zijn een beetje laat,' zei Spector.

De schatbewaarder startte de motor en de auto begon stapvoets over de Tres de Febrero te rijden. Toen hij de bocht omging, klonk ineens het geluid van piepende banden op het asfalt en van een optrekkende motor.

Tegen de richting in kwam er een auto op hen af rijden, slingerend alsof de bestuurder hem niet onder controle had, en toen kwam het voertuig plotseling tot stilstand.

'Wat dóét die gek?' vroeg Martínez Tobar nog geamuseerd.

Twee mannen sprongen op het trottoir en de ene trok (volgens sommige getuigen) een nylonkous over zijn hoofd. Hij had een schaar in zijn hand en rekte met zijn vingertoppen het nylon uit en maakte twee gaten ter hoogte van zijn ogen, terwijl hij de kous al over zijn hoofd had.

Spector was een boom van een kerel die iets hulpeloos over zich had. Hij droeg een gestreept overhemd met grote zweetplekken. Van de vier mannen in de Kaiser-terreinwagen was hij de enige die de overval zou overleven. Hij wierp zich op de grond en werd van bovenaf beschoten, maar de kogel ketste af op het stalen kapje van zijn zakhorloge. Een wonder (dat hij toevallig het zakhorloge van zijn vader droeg). Happend naar adem zat hij even later op het trottoir voor de bank en zag mensen voorbijrennen en ambulances aan komen rijden. Journalisten waren inmiddels toegestroomd en politieagenten zetten de straat af. Toen stopte er een patrouillewagen en daar stapte commissaris Silva uit. Hij was de politiechef van het District Noord van Groot Buenos Aires en stond aan het hoofd van de operatie. Hij stapte de auto uit, in burger, met in zijn linkerhand een pistool in de aanslag en in zijn rechterhand een walkietalkie waardoor stemmen klonken die orders gaven en nummers doorgaven, en liep naar Spector toe.

'Komt u mee,' zei hij.

Na een korte aarzeling stond Spector op, langzaam en angstig, en liep achter de commissaris aan. Vervolgens kreeg de getuige verschillende foto's getoond van overvallers, moordenaars en andere onderwereldfiguren die op grond van de werkwijze bij de overval de mogelijke daders zouden kunnen zijn. Ten prooi aan grote verwarring herkende de getuige niet een van de gezichten (aldus de kranten).

Toen de auto dwars voor hen was gestopt, had Spector op de klok van het gemeentehuis gezien dat het 15.11 uur was. Een lange man in pak was uit de auto gestapt en had met beide handen, alsof hij een rolgordijn neerliet, een nylonkous over zijn gezicht getrokken, vervolgens had hij zich over de voorbank gebogen en toen hij weer overeind kwam had hij een machinepistool in zijn hand gehad. Het was van rubber, zonder enige vorm, het gezicht van de man, het leek van was, een honingraat die tegen zijn huid geplakt zat, waardoor hij moeizaam als een blaasbalg ademde en zijn stem afgeknepen en onnatuurlijk klonk. Hij leek op een houten pop, op een spook.

'Kom mee, Nene,' zei Dorda hijgend, alsof hij het benauwd had. En tegen de man achter het stuur zei hij: 'We zijn zo terug …' Mereles gaf gas en de motor van de Chevrolet – de motor van een raceauto, met die opgevoerde acht cilinder en dat laag gelegen carter – brulde in de stilte van de siësta, daar op de Plaza de la Intendencia in San Fernando.

El Nene beroerde even zijn Mariamedaillon, in de hoop dat het geluk zou brengen, en stapte de auto uit. Hij was zo mager en broos en zo gedrogeerd dat het leek alsof hij ziek was, aan de tering leed, wat in zijn algemeenheid wel van onaangename types wordt gezegd ('het zijn teringlijders'), maar hij hield zijn .45 Beretta met grote vastberadenheid in beide handen en toen een van de bewakers zich bewoog, schoot hij hcm een kogel pal in zijn gezicht. Er klonk een droge knal, onwerkelijk, als een tak die splijt.

De nylonkous zat tegen Dorda's gezicht geplakt en hij

ademde door de stof die in zijn mond zat. Vanuit zijn ooghoeken zag hij een man uit de auto stappen en hij begon te schieten.

Twee oude mannen die op een van de bankjes op het plein in de zon zaten en een buurtbewoner die de krant zat te lezen aan een tafeltje bij het raam in de bar aan de overkant, zagen hoe twee van de drie inzittenden van de Chevrolet 400, met nummerplaten van de provincie Buenos Aires, met wapens in de hand uit de auto sprongen.

Ze gingen als wilden tekeer en richtten hun wapens op alles en iedereen, maaiden er in halve cirkels mee door de lucht terwijl ze als in slow motion naar de auto toe liepen. De langste van de twee droeg (volgens de getuigen) een nylonkous over zijn hoofd, maar het gezicht van de ander was onbedekt. Het was een magere jongen met een engelachtig gezicht en alle getuigen noemden hem meteen 'het Jochie'. Hij kwam de auto uit en glimlachte, nam toen met zijn machinepistool de achterkant van de terreinwagen onder schot en loste een salvo.

Vanaf het plein zag een van de gepensioneerde mannen die in het zonnetje zaten hoe de lichamen tegen de autostoelen stuiterden en het bloed tegen de raampjes spatte. 'Die dikke leefde nog toen het schieten ophield,' verklaarde een van de oudjes. 'Hij probeerde het portier te openen om te ontsnappen en op dat moment zag hij de man met de nylonkous midden over straat op de auto af komen en liet hij zich op het trottoir vallen.' Het was een enorme vormeloze hoop, die dikke Spector die daar tegen de auto aan lag, in de zon.

Verschillende keren dacht hij dat ze hem zouden vermoorden. Hij herinnerde zich het gezicht van de donkere jongeman die hem met een ironische grijns had aangekeken. Spector sloot zijn ogen, klaar om te sterven, maar toen voelde hij iets wat leek op een trap tegen zijn borst en werd zijn leven gered door het stalen horloge dat zijn vader hem had nagelaten.

De overvallers die hij had kunnen zien waren twee jonge mannen gekleed in blauwe pakken. Ze hadden heel kort geknipt haar, zoals soldaten het dragen. Toen het schieten voorbij was, kon hij ternauwernood naar het bankgebouw hollen en om hulp vragen.

Nu was hij gespannen, omdat hij bang was dat de politie hem ervan zou beschuldigen dat hij de tipgever was geweest.

'U hebt de overvallers van dichtbij gezien.'

Het was geen vraag, maar Spector gaf niettemin antwoord.

'Eentje was donker en de ander was blond, ze waren allebei nog jong en hadden heel kort haar, zoals soldaten het dragen.'

'Beschrijf die laatste eens.'

Hij gaf een beschrijving. Dat was de Kromme Bazán.

'Hij stond in de bar en stak met een pistool in zijn hand het plein over.'

'Er is dus de bestuurder van de auto, de man met de kous over zijn hoofd, die blonde en dan nog een.'

Spector knikte gehoorzaam. Als zij zeiden dat het er vier waren, zou hij zweren dat het er vier waren.

De man met de kous over zijn hoofd liep rustig over het midden van de straat en leek te glimlachen, maar misschien was het een grimas die werd veroorzaakt door het zijden masker dat hij droeg en dat boven op zijn hoofd in een soort knotje was samengebonden. Martínez Tobar was gewond en lag ineengekrompen op de grond, op zijn linkerzij, met het koffertje vastgebonden aan zijn pols, en hij zag niet hoe el Nene een nijptang tevoorschijn haalde, het kettinkje doorknipte, het koffertje met geld pakte en hem al achteruitlopend in zijn borst schoot. Hij zag ook niet hoe de Gaucho met de kous over zijn hoofd de agent met een nekschot doodde.

Hij had hem zomaar gedood, Gaucho Dorda, niet omdat de politieman een bedreiging vormde. Hij had hem gedood omdat hij de politie meer haatte dan wat ook ter wereld en op de een of andere onlogische manier meende dat iedere politieman die hij doodde niet vervangen zou worden. 'Weer een minder' was zijn parool, alsof hij een vijandelijk leger decimeerde waarvan de troepen niet vernieuwd konden worden. Als ze de hele tijd politieagenten doodden, gewoon zonder haat even neerknalden, alsof je vogeltjes schiet, zouden die klootzakken met hun politiehart (die geboren worden met het hart van een juut, die honden) zich wel twee keer bedenken voordat ze hun roeping tot beul gingen volgen, dan zouden ze bang zijn om zeep geholpen te worden en dan zou de kit (was zijn slotsom) met de dag minder manschappen hebben. Zo dacht hij, maar dan op een wat warriger en lyrischer manier, alsof hij in een droom met een jachtgeweer agenten in het open veld vermoordde, in die lijn zag de Blonde Gaucho zijn persoonlijke oorlog tegen de kit.

Moorden om het moorden, in koelen bloede, betekende daarentegen (voor de politie) dat die kerels zich aan geen van de impliciete afspraken zouden houden die als ongeschreven wetten tussen de onderwereld en de politie gelden, dat het kwaadaardige idioten waren, ex-gedetineerden, die niets te verliezen hadden en die het dus ook geen moer kon schelen om de hele politie-macht van de provincie Buenos Aires achter zich aan te hebben.

Door de onbeschrijflijke verwarring die de verrader-lijke aanval veroorzaakte was het niet direct mogelijk om vast te stellen wat er precies gebeurd was (stond er in de kranten). Het was een vlaag van bruut geweld, een blinde explosie. Een veldslag die even lang duurde als de tijd die een stoplicht nodig heeft om van rood op groen te springen. Eén enkel ogenblik en toen lag de straat bezaaid met lijken.

Door die schoten van zeer dichtbij was agent Otero op slag dood en raakte schatbewaarder Martínez Tobar ernstig gewond aan zijn borst, terwijl bewaker Balacco getroffen werd in zijn rechterbeen, waarna hij door een van de schutters in koelen bloede werd afgemaakt. En Spector, de bankbediende, die rende totaal verbijsterd en ontredderd naar de bank om hulp te halen.

Later kon (volgens het rapport van commissaris Silva) worden vastgesteld dat agent Otero, ook al zou hij bij de aanval ongedeerd zijn gebleven, zijn dienstpistool toch niet had kunnen gebruiken, omdat zijn wapen door een van de kogels van de schutters was geraakt en onbruikbaar was geworden. Wat betreft het machine-pistool dat ze bij zich hadden om het geldtransport te bewaken, dat lag ergens hoog opgeborgen in de terreinwagen en niemand had erbij gekund.

Degenen die getuige van de schietpartij waren geweest liepen als slaapwandelaars rond, blij dat ze ongedeerd waren en verbijsterd door wat zich voor hun ogen had afgespeeld. Een vredige middag kan plotseling uitlopen op een nachtmerrie.

De kogelregen van de overvallers trof ook Diego García, die net een bar in de onmiddellijke nabijheid van het vuurgevecht uit kwam. Hij werd naar het ziekenhuis overgebracht, waar hij korte tijd later overleed. Het bleek dat hij in Haedo woonde en vanwege een advertentie waarin om meubelmakers werd gevraagd naar San Fernando was gekomen. Hij was even de bar op het plein binnen gegaan om een borrel te nemen en toen hij weer buitenkwam om zich te melden bij de houtzagerij, werd hij door een verdwaalde kogel getroffen. Hij was drieëntwintig en in zijn zak vond men twaalf peso en een treinkaartje.

Volgens één bepaalde versie hadden veiligheidsagenten vanuit het gemeentehuis nog schoten gewisseld met de overvallers, maar dit kon niet worden bevestigd.

Men zag dat een van de boeven de auto in werd geholpen, waaruit (volgens het politierapport) opgemaakt kon worden dat hij gewond was. En men zag hoe de kerel met het gemaskerde gezicht een witte canvas zak door het achterportier van de al rijdende auto gooide en nog een salvo in een halve cirkel afvuurde, waarna de Chevrolet in volle vaart tegen het verkeer in over de Calle Madero wegreed in de richting van Martínez, dus in de richting van het centrum.

De auto ging er zigzaggend vandoor, keihard toeterend om de weg vrij te maken, en twee van de overvallers hingen met hun lichaam half uit de raampjes en schoten met hun machinepistolen achterwaarts.

'Trap hem op zijn staart, kom op,' schreeuwde el Nene, terwijl Mereles geconcentreerd door bleef rijden, voorovergebogen, met zijn gezicht bijna tegen de voorruit (zei een getuige), zonder te letten op andere auto's of op kinderen die uit school kwamen en zonder zich om rode stoplichten te bekommeren, uitsluitend gericht op een denkbeeldige lijn op de straat die hen naar de vrijheid moest voeren, naar de woning aan de Calle Arenales, waar het meisje met haar wiskundeboek in bed op hem wachtte. Hij rukte het stuur van de Chevrolet van links naar rechts, de Kraai, en de andere auto's moesten uit de weg gaan en hem voorbijlaten.

Buurtbewoners zagen door hun half geopende ramen de zwarte auto als een wervelwind voorbijrazen. Buiten wierp men zich op de grond, dook men weg achter bomen, verlamd van schrik, en moeders pakten hun kinderen bij de hand. Als je in een begrafenisstoet meerijdt en door het autoraampje kijkt, zie je mensen hun hoed afnemen (als ze die dragen) en zwijgend en traag een kruis slaan voor de passerende stoet. De nabestaanden zien op het trottoir, langs de muur, een lange rij mensen staan die groeten, maar nu was het grappig om vanuit de auto die chaos te zien (althans zo zag el Nene het), al die malloten die zich op de grond wierpen of wegdoken in portalen, het waren net poppetjes die uiteenweken om de gebeurtenissen de vrije loop te laten.

'Hebben we alles?' riep Mereles, bleek in het middaglicht. Hij had de Chevrolet onder controle en scheurde op volle snelheid door de straat. Met zijn blik op de weg gericht tastte hij naar de tas en voelde aan het geld. 'De poen? Hebben we alles?' vroeg hij lachend.

Ze hadden het geld niet geteld, maar de zak met het geld was zo zwaar dat er stenen in hadden kunnen zitten. Blokken glanzend cement van allemaal dunne bankbiljetten, in die plunjezak met een zeemansknoop erop.

'We zitten mooi in de shit,' zei Dorda. Zijn overhemd zat onder het bloed, een kogel had zijn nek geschampt en een brandende schram nagelaten. 'Maar we hebben het gered, Nene, nu moeten we nog veilig zien weg te komen,' zei de Blonde Gaucho in de achteruitkijkspiegel van de Chevrolet kijkend. 'Alle poen van de wereld.' En hij tastte naar de coke. Ze smeerden het spul op hun tandvlees, omdat ze het bij die snelheid niet konden opsnuiven. Ze klauwden met hun hand in het zakje dat aan de autostoel hing en haalden de coke er met twee gekromde vingers uit, smeerden het op hun tandvlees en gingen daar met hun tong langs. Met geld is het net als met drugs, het gaat erom dat je het hébt, dat je weet dat het er is, het kunt aanraken, dat je in de kast tussen je kleren kunt kijken of het zakje er nog is en dan ziet dat er een halve kilo ligt, oftewel honderdduizend ballen. Pas dan kun je weer rustig verder leven.

Niets zo mooi als er in een opgevoerde auto met dubbele injectie plankgas vandoor gaan, het stuur in je handen geklemd, met genoeg poen in de achterbak om in Miami of Caracas als een koning te kunnen leven.

'We gaan met de veerboot naar Uruguay. Dat duurt twee uur, twee uur en tien minuten, die oversteek,' zei el Nene. Was het een vraag? Niemand gaf antwoord. Iedereen was met zichzelf bezig en raaskalde maar wat, als iemand die in zijn eentje midden in het open veld over een spoorbaan rent terwijl een trein hem achteropkomt. 'We gaan via Colonia, dan duurt het twee uur. Bij de Tigre jatten we gewoon een boot of we huren de veerboot af of kopen een vliegtuig, hè, schat.' El Nene lachte en graaide met gekromde hand wat cocaïne uit de bruinpapieren zak. Zijn tong en zijn gehemelte waren gevoelloos en zijn stem klonk raar.

'Met deze speed,' zei de Gaucho, 'zwem ik als het moet naar de overkant.'

'Pas op die spoorwegovergang … moet je die klootzak van een overwegbewaker zien.'

'Laat mij maar.'

Brignone ging uit het raampje hangen en toen Dorda
dat zag, deed hij aan de andere kant hetzelfde. Met hun
machinepistolen schoten ze de neergelaten bomen van
de spoorwegovergang aan flarden. De houten spaan-
ders vlogen in het rond.

'Ik had niet gedacht dat die bomen zo aftands waren,'
zei el Nene Brignone lachend.

'Ze hingen half uit de raampjes en hebben ze gewoon
doormidden gezaagd,' zei de overwegbewaker.

De spoorwegbeambte noch de twintigjarige jongeman die bij hem was kon een goede beschrijving van de
overvallers geven, zo erg waren ze van streek.

'Op hun vlucht stuitten ze op de gesloten spoorbo-
men van de Calle Madero en zonder vaart te minderen
schoten ze die met hun machinepistolen aan flarden.'
(Aldus de kranten.)

'Er zaten er twee achterin en een voorin, en ze hadden
de radio keihard aan en toeterden ook nog voortdurend.'

'De patrouillewagen reed op vijftig meter afstand
achter ze aan.'

'Het is ongelooflijk dat ze hebben weten te ontsnappen.'

Twee mannen, ieder aan een kant uit de auto han-
gend, met hun blaffers in de hand.

Volgens sommige getuigen leek een van de inzittenden van de Chevrolet gewond te zijn en werd hij ondersteund door zijn maten. Bovendien was de achterruit
van de auto door kogels versplinterd.

De auto reed luid toeterend over de Avenida del

Libertador en dwong op die manier het verkeer opzij te gaan, maar op de kruising van Libertador en Alvear kwamen ze langs een post van de verkeerspolitie, die inmiddels gewaarschuwd was.

Agent Francisco Núñez wilde de auto tegenhouden en sprong de straat op, maar uit de wagen barstte weer een salvo los zodat hij tegen de muur werd geslagen. Zonder vaart te minderen grepen ze weer naar hun machinepistolen en losten een salvo op de voorgevel van het politiebureau.

De Chevrolet reed op volle snelheid voorbij, terwijl de gangsters het gebouw onder vuur namen. Drie agenten stapten in een patrouillewagen en zetten met loeiende sirene de achtervolging in.

De Kraai Mereles zat uiterst geconcentreerd achter het stuur. Hij was verslaafd aan Florinol, hij dronk bijna een flesje per dag en dat gaf hem een rustige kijk op het leven. Florinol is een kalmerend middel dat in hoge doses bijna als opium werkt. Hij was ermee begonnen in de gevangenis van Batán, waar de artsen het als een legaal medicijn konden voorschrijven en de ziekenverplegers het tegen geld of vrouwen ruilden. Dat ging heel simpel: de vrouwen van de gevangenen waren een stuk leuker dan de dames van de gevangenbewaarders en dus was er handel, was er een deal. Het bezoekuur diende eigenlijk om de grietjes te showen, zoals Mereles het noemde. Hun verloofdes, hun vriendinnetjes, al die meisjes die wel een tijdje verkering willen met een zware jongen die al hun wensen vervult, die deden het als het moest wel met zo'n klotebewaker, zo'n slappe lul, wat kon het schelen, even een vluggertje in het kantoortje van de bewaking. Op een middag had de Kraai het voor elkaar gekregen dat zijn toenmalige vriendinnetje, Bimba, een lekker stuk, leuk maar lastig, in de smaak viel bij de directeur van de gevangenis. Een wreed dik mannetje dat hen liet zweten, maar toen hij haar zag binnenkomen, met haar blonde haar, in een geborduurd hemdje en een strakke spijkerbroek die om haar kont spande, raakte zijn hoofd op hol. Op die manier waren de Florinol en de dope op Mereles' pad gekomen. Hij wist niet meer hoe het was afgelopen. Bimba was misschien wel nog steeds met die kerel en hij was na zes maanden vrijgekomen. Zijn kop werd langzaam leeg, een zwart gat, en hij kon niet meer zeggen wat er wel of niet gebeurd was, maar juist daarom was hij zo'n goede chauffeur, met zijn verstand op nul en koelbloedig als geen ander. Van de Florinol raakte hij in een soort trance, kon hij recht op een vrachtwagen afdenderen en deze dwingen af te buigen en de berm in te gaan. Hij was zelfs een keer met zijn vriendin en de moeder van zijn vriendin in een gestolen auto naar Mar del Plata getoerd en toen op de verkeerde weghelft van rijksweg 2 gaan rijden en al toeterend waren de auto's de berm in geschoten, en het meisje maar lachen en Vascolet drinken. Ze was dol op die chocoladedrank, Blanquita, (ieder heeft zo zijn eigen kunstgrepen, zei Mereles altijd raadselachtig). Hij had een rare manier van praten, het duurde een tijdje voordat hij wist hoe hij de woorden moest vormen. Op de klank. Ze klonken altijd zacht en zonder gevoel erin. Wat een greep, dat meisje met haar Vascolet!

Toen ze bij de hoek van de Avenida del Libertador en Aristóbulo del Valle kwamen leek het lot, dat tot dan toe aan hun zijde was geweest, hen in de steek te laten. Op zo'n honderdvijftig meter van de politiepost van Martínez begaf de Chevrolet het na een nieuwe schietpartij, waarbij ook een agent gewond raakte. De auto van de gangsters raakte (volgens het politierapport) in een spectaculaire spin en liep daarbij ernstig gevaar om over de kop te slaan, wat niet gebeurde. De auto bleef dwars over de weg staan, gestrand in een put van het riool, met de neus tegen de rijrichting in, de achterruit totaal verbrijzeld en een grote bloedvlek links op de achterbank. De minuten verstreken en er stapte niemand uit.

Busch, een plaatselijke winkelier, die op zijn dooie gemak vanaf de andere kant over de Avenida del Libertador kwam aanrijden, zag een auto met draaiende motor staan waar een man uit stapte die zijn nek omklemd hield alsof hij gewond was, en hij dacht dat er een ongeluk was gebeurd.

De gewoonten van señor Eduardo Busch waren even regelmatig als de witte stippen van het patroon op de kledingstoffen die hij verkocht. Maar die dag was hij twee minuten later dan anders, omdat het water tijdens het douchen afgesloten was geweest. Hij bleef in de douchecabine staan met het gevoel dat iemand hem een streek wilde leveren en toen hij er ten slotte maar onder vandaan kwam en zich begon af te drogen, zei zijn vrouw dat ze het water hadden afgesloten. Hij was geboren in hetzelfde huis als waar hij nu woonde en hij was de wijk nooit uit geweest. Hij kende de geluiden, het wisselende ritme van de uren, en die dag meende hij iets vreemds te horen (een vaag gerommel), maar hij sloeg er verder geen acht op. Hij was de laatste tijd slechtgehumeurd, omdat zijn zaken niet goed liepen. Om halfdrie ging hij altijd van huis en om tien voor drie opende hij zijn winkel, maar die middag was hij een beetje verlaat en door die (minimale, toevallige) vertraging werd alles anders. Dat maakte dat hij de rest van zijn leven een verhaal te vertellen had. Toen hij de hoek van de Calle Madero om ging, dacht hij dat er een botsing was geweest en zag hij een auto met draaiende motor en een man die uitstapte met een tas in de hand.

Als goede burger stopte hij en toen zag hij hoe el Nene zich omdraaide en naar hem lachte, terwijl hij met zijn linkerhand een .45 Beretta trok.

'Hij kwam op me af en ik dacht dat hij me zou gaan vermoorden. Het duurde eindeloos voordat hij bij mijn auto was. Het leek nog een jongen en hij had een wanhopig gezicht.'

El Nene opende het portier en Busch stapte uit met zijn handen omhoog. Uit de gestrande auto kwamen nog twee mannen en die stapten in de Rambler. Ze sleepten canvas zakken met zich mee en hadden een heleboel wapens, maar het ging allemaal zo snel en zo chaotisch dat het een droom leek, verklaarde señor Busch. Zo gaat dat met rampen, dan gebeuren er dingen die je je van tevoren nooit kunt voorstellen, redeneerde hij filosofisch.

'Toch blijf ik van mening dat je anderen moet helpen, al kom je voor dit soort verrassingen te staan,' zei hij.

'De ene had donker haar en de andere was blond, ze waren nog jong en hadden heel kort haar, zoals soldaten. Er was nog een derde met een nylonkous over zijn hoofd.' Alle beschrijvingen komen overeen, maar ze zijn totaal zinloos.

Ze gingen ervandoor in de lichtgekleurde Rambler, die hij het jaar daarvoor gekocht had. In die auto vervolgden de overvallers hun vlucht.

Ze reden weg over de Avenida del Libertador en toen

ze met grote snelheid bij de Avenida Santa Fe waren gekomen, waar ze als door een wonder een volgend ongeluk konden voorkomen met een landrover die uit een zijstraat kwam aanzetten, reden ze door het rode licht en gingen ervandoor via de Pan-American Highway, wat de makkelijkste route was om weg te komen.

Tegen die tijd was de hele verkeerspolitie gewaarschuwd, evenals de posten bij de toegangswegen naar de hoofdstad. Ook was de radiocentrale van de Federale Politie gealarmeerd.

Toch lukte het de politieposten noch de patrouillewagens die in de noordelijke buitenwijken van de stad rondreden de door de gangsters gestolen Rambler op het spoor te komen. Talloze eenheden van de provinciale politie patrouilleerden die avond door een uitgestrekt gebied van Groot Buenos Aires.

3

De avondkranten brachten het nieuws met dramatische koppen. De eerste hypothesen gingen in de richting van een bijna militair opgezette aanval. De rechercheurs brachten de roof in verband met de overval die een paar maanden eerder door een nationalistische groepering op de kliniek van de bank was gepleegd. Het zou gaan om elementen uit dezelfde groepering: mensen van de Tacuara-groep of uit het peronistisch verzet, onderofficieren die uit het leger ontslagen waren en, naar men zei, getraind waren door de Algerijnse guerrilla. Onder aanvoering van José Luis Nell en Joe Baxter waren 'de Algerijnen', zoals ze in de beweging werden genoemd, met mitrailleurs de kliniek binnen gestormd en hadden driehonderdduizend dollar meegenomen. De politie volgde in haar onderzoek een lijn die leidde naar mogelijke samenwerking tussen aanhangers van het peronistisch nationalisme en de gewone misdaad, in een explosieve combinatie die de autoriteiten grote zorgen baarde.

En ze zaten er niet helemaal naast. Hernando Heguilein, 'Nando', voormalig lid van de Alianza Libertadora Nacionalista, een bekende stootroep uit de tijd van Perón, had een afspraak met Malito in de schuilplaats in de Calle Arenales om de strategie voor de aftocht en de vlucht van de bende te bespreken. Nando was een man van actie, een patriot volgens sommigen, een

overloper volgens anderen, een bloeddorstige proleta-
riër volgens agenten van de Federale Politie.

In de kranten werd tussen de regels door allerlei
informatie gegeven en de berichtgeving was duidelijk
beïnvloed door de geheime dienst.

Zo werd er bijvoorbeeld onthuld dat de politie na
onderzoek in de achtergelaten Chevrolet had bevestigd
dat een van de overvallers gewond was. In de auto
waren aangetroffen: een grijze trui met lange mouwen,
een handdoek en een jasje, allemaal onder het bloed.
Op de vloer van de auto lagen drugs, een paar injectie-
naalden en een flesje met een bloedverdunnend middel. Ook werden er twee .45 kaliber machinepistolen
van het merk Halcón met een dubbel magazijn voor
64 kogels gevonden, en een doos met ongebruikte
ammunitie. Om het gevaar van de overvallers te illus-
treren werd er (in de kranten) gewezen op het feit dat
er aan de machinepistolen was gesleuteld en dat het
veiligheidsmechanisme met een pen was vastgezet,
zodat er bij elk salvo meteen vijftig kogels konden worden afgevuurd. Er zaten vier kogelgaten links aan de
achterkant van de auto. Vlak bij de plek waar de auto
van de gangsters tot stilstand was gekomen lag een
plunjezak met achttienduizend peso.

Volgens de laatste informatie wordt er bij het onderzoek naar de bloedige overval in het bijzonder aandacht
besteed aan de zakken die de misdadigers op hun
vlucht hebben achtergelaten (een paar in de gestrande
Chevrolet, nog een paar tijdens de achtervolging). De
zakken zijn van canvas, het zijn plunjezakken en er
wordt van uitgegaan dat ze bewerkt zijn om het gestolen geld te vervoeren. Dit soort zakken wordt gebruikt
door onderdelen van het leger. De politie heeft contact

gezocht met de staf van de marine. Bovendien is uit
nader onderzoek van de wapens die de overvallers na
de botsing in de Chevrolet hadden achtergelaten geble-
ken dat het magazijn afkomstig is van een .9 machinepistool dat van het Duitse merk Bergmann of het
Paraguyaanse Piripipí zou kunnen zijn. Verder is de
.45 kaliber Halcón een wapen puur voor militair
gebruik. De politie onderzoekt daarom mogelijke contacten van de bende met het leger.

Experts van de Afdeling Sporenonderzoek hebben op
verschillende plaatsen in de auto en op de wapens vin-
gerafdrukken gevonden die vermoedelijk van de overvallers afkomstig zijn en op grond van deze afdrukken
zou het rechercheteam wellicht de identiteit van de
voortvluchtigen kunnen vaststellen.

Gisteravond, bij het ter perse gaan van deze editie,
hebben beambten van de Afdeling Diefstal en Beroving
een aantal inspecties en huiszoekingen op verschillende
punten in de hoofdstad en in Groot Buenos Aires
gedaan, op zoek naar leden van de bende.

Toen hij de kranten las, was Malito verbaasd over de
snelheid waarmee de politie hen op het spoor kwam.
Op dezelfde walgelijke en misselijkmakende manier als
altijd (aldus Malito) brachten de kranten ook nu weer
verslag uit, met allerlei schaamteloze details die ken-
merkend zijn voor de botheid waarmee ze de feiten
weergeven ('... het meisje Andrea Clara Fonseca, zes
jaar oud, had zich losgemaakt van de hand van haar
moeder en werd door een mitrailleursalvo van een van
de misdadigers geraakt. Haar gezicht veranderde in één
groot bloederig gat ...') Een bloederig gat, langzaam las
Malito de woorden nog een keer, zonder ergens aan te
denken, zonder iets anders te zien dan de letters en het

vage beeld van een blond meisje dat op een naakt engeltje in een kerk leek. Soms was het wrede genot waarmee hij de politieberichten las een bewijs van zijn onvermogen om de morele kant van zijn daden in te zien, want als hij las wat hij zelf gedaan had, was hij voldaan dat hij niet herkend was maar baalde hij ook omdat hij geen foto van zichzelf zag, en heimelijk was hij er trots op dat die artikelen over de overval door duizenden en nog eens duizenden lezers werden verslonden.

Zoals alle professionele misdadigers mocht Malito graag de misdaadpagina in de kranten lezen en dat was een van zijn zwakheden, want die primitieve sensatielust die bij iedere nieuwe misdaad brutaal de kop opstak (het blonde meisje wier gezichtje helemaal kapotgeschoten was) bracht hem op de gedachte dat hij niet zoveel verschilde van de perverse sadisten die kicken op gruwelijkheden en rampen, gaf hem het gevoel dat zijn geest net zo werkte als bij die types die hadden gedaan waarover hij in de kranten las, en stiekem zag hij zichzelf als een van die criminelen, hoewel iedereen hem hield voor een kil en berekenend persoon, een wetenschapper die zijn daden met de precisie van een chirurg plande. En natuurlijk gaat een chirurg (zijn vader bijvoorbeeld) met bebloede handen door het leven, die scheurt het vlees van naakte, weerloze zieken open en doorboort met geavanceerde puncteerinstrumenten en motorzagen de levende schedel van zijn dierbare slachtoffers.

Het achterlaten van de Chrevolet was een fout geweest en die fout gaf de politie een hele hoop aanwijzingen die weleens tot een domino-effect zouden kunnen leiden. Malito wist dat ze huiszoeking hadden verricht in het hotel in San Fernando waar hij met de Kromme Bazán de nacht voor de overval had doorgebracht, maar de politie onthulde natuurlijk niet alle informatie waarover ze beschikte.

Op even achteloze als dreigende toon kondigde de politie aan dat ze de identiteit van minstens twee bendeleden inmiddels kende. Zo werd het bericht tegenover de pers gebracht door de tweede man van de Afdeling Diefstal en Beroving van het District Noord van de provincie Buenos Aires, commissaris Cayetano Silva.

'Ik sluit de mogelijkheid uit dat er sprake is van betrokkenheid van gemeentepersoneel,' verklaarde commissaris Silva.

Ze trokken een rookgordijn op om hun informatiekanalen te beschermen. Malito had het gevoel dat ze al voor de deur stonden. De dingen lopen nooit zoals je denkt, geluk is belangrijker dan moed, belangrijker dan intelligentie en veiligheidsmaatregelen. Paradoxaal genoeg staat het toeval altijd aan de kant van de gevestigde orde en is het tevens (samen met martelen en verraad) het belangrijkste middel waarover de geheime politie beschikt om het net te sluiten rond degenen die onzichtbaar proberen te blijven in de jungle van de grote stad.

Ondanks het zwijgen van de politieleiding waren er algauw duidelijke aanwijzingen dat er contacten tussen de bende en de politiek bestonden. Ook werd niet uitgesloten dat de criminelen in opdracht handelden en als stromannen voor een grotere organisatie optraden. Uit niet-bevestigde bronnen was het gerucht afkomstig dat de overval ondersteund werd door clandestiene netwerken van het zogenaamde peronistisch verzet. De politie deed intensief onderzoek in kringen van voormalige activisten uit de door Marcelo Queraltó en Patricio Kelly geleide organisatie.

Hernando Heguilein, 'Nando', onderhield geen banden meer met de kringen van het peronistisch nationalisme en had alleen nog sporadisch contact met een paar militante vakbondsmensen en oud-strijders van de beweging die zich bezighielden met het smokkelen van wapens, het verhuren van schuilplaatsen en het bevoorraden van clandestiene werkplaatsen waar paspoorten en valse documenten (en valse brieven van Perón waarin werd opgeroepen tot gewapend verzet) werden gefabriceerd. Hij reed nu over de Calle Boedo, in een Valiant (met de juiste papieren), en probeerde wat rondjes te rijden voordat hij naar de woning aan de Calle Arenales zou gaan. Hij wilde niet opbellen en zich daar ook niet te vroeg melden, want net als iedereen die zich door de stad beweegt met de politie op zijn hielen was hij bang in de val te lopen, om naar een schuilplaats te gaan waar de juten op hem zaten te wachten en daar gepakt te worden. Al een paar keer had hij, Nando, de dans weten te ontspringen, louter uit instinct, omdat hij logisch kon nadenken en een goede neus had voor vreemde tekens als hij naar een afspraak moest.

Hij reed de Avenida Santa Fe af, sloeg de hoek om naar de Calle Bulnes en reed door tot halverwege het volgende blok. Er stond een paartje te vrijen onder een boom en op de standplaats Calle Berruti zat een man in een taxi de krant te lezen. Bij de ingang van het gebouw was het rustig en de portier was de stoep aan het schrobben. Dat was een goed teken, er is geen portier meer te bekennen als de kit iets in zijn schild voert. De helft van de portiers van Buenos Aires was lid van de Communistische Partij en de andere helft was informant van de politie, maar geen van allen vertoonde zich als de juten een hinderlaag hadden gelegd. En dus kon de portier die de stoep schoonmaakte ook een vermomde agent zijn die hem in zijn kraag zou grijpen zodra hij de lift in stapte.

Nando wandelde op zijn dooie gemak naar het gebouw, liep de hal binnen en ging naar de kelder, vanwaar je toegang tot de garage had. Er was niemand te zien. Hij stak de gang over en ging via de diensttrap naar boven. Het leek hem beter de woning via de keuken binnen te gaan. Als de kit dan al binnen was, had hij nog een (kleine) kans zich in de opening van de vuilniskoker te verschansen en zich al schietend te verdedigen.

Maar er waren geen agenten, alles was in orde. Toen hij de keuken door liep en de zitkamer binnen ging, was het eerste wat hij zag de Blonde Gaucho die met een bebloed verband om zijn hals op de bank een tijdschrift lag te lezen en el Nene die op een bijzettafeltje voorzichtig de slagpin van een pistool aan het bijvijlen was. Maar het leukste was nog dat al het geld lag opgestapeld op een soort kastje met een spiegel, waardoor het verdubbeld werd, een berg poen op een wit zeiltje, een droombeeld dat werd herhaald in het heldere oppervlak van de spiegel.

El Nene keek hem aan en wees met een veelbetekenend gezicht naar de gesloten deur van de slaapkamer, vanwaar het onderdrukte gekreun en de geluiden van een vrijpartij kwamen. Dat moesten de Kraai en het meisje zijn, die altijd en eeuwig in bed lagen.

'Malito is daar,' zei el Nene, en hij gebaarde met zijn hoofd in de richting van de andere kamer. Toen ging hij weer door met het bijvijlen van de slagpin van de

Beretta, net zolang totdat de trekker precies zou doen wat hij wilde en gevoelig als een vlinder zou zijn. Hij mocht Nando niet, die was uit ander hout gesneden, die leek wel een juut, met zijn keurig geknipte snorretje en zijn dooie ogen, maar hij was het niet, hij was een soort juut geweest, een informant van de Alianza, laten we zeggen een politiek activist, zo bestempelde el Nene hem, een idioot net als alle andere idioten die zich lieten afmaken voor de Ouwe. De meest fanatieke onder hen hadden zich uiteindelijk aangesloten bij de gewone misdadigers (dat beweerde men althans) om wapenwinkels en banken te overvallen onder het voorwendsel dat ze geld voor de terugkeer van Perón verzamelden. De terugkeer van Perón, sodemieter toch op, dacht el Nene. Het enige wat we gemeen hebben is dat ze ons martelen om erachter te komen of we marionetten van de peronistische vakbond zijn.

'Is er nog nieuws?'

'Alles loopt gesmeerd,' zei Nando. 'Ze verspreiden allerlei onzin door de stad, maar ze hebben geen idee. Die smeerlap van een Silva is met de zaak belast en dat is echt een hufter, daar moet je mee uitkijken, die heeft waarschijnlijk al zijn verklikkers de duimschroeven aangedraaid en zal ons inmiddels wel op het spoor zijn. Hebben jullie de kranten gezien? Het is jammer dat we de auto zijn kwijtgeraakt. Had jij die gejat?'

'Nee, dat heeft de Kraai gedaan, in Lanús. Het is geen drama, hij was al een keer eerder gestolen en is toen door de politie aan een schroothandelaar doorverkocht. Hij was al besmet.'

Nando waarschuwde hen dat ze twee of drie dagen binnen moesten blijven, zich niet mochten verroeren, totdat er een netwerk was opgezet om de rivier over te steken. De Gaucho liet het tijdschrift dat hij zat te lezen zakken en sloeg zijn blik op.

'Kom jij uit Uruguay?'

Ze keken elkaar een moment zwijgend aan en toen schudde Nando zijn hoofd.

'Nee, ik kom niet uit Uruguay, maar ik ga jullie wel naar Uruguay brengen.'

'Dat weet ik ook wel, maar je ziet er een beetje uit als een Uru, je ziet er uit als ...' zei de Gaucho. 'Het lijkt wel alsof alle Uru's weduwnaar zijn ... Eigenlijk zijn het net peronisten, de Uruguayanen, allemaal weduwnaar van de Generaal.'

'Je bent een aardige gast, Gaucho, maar wat is er aan de hand?' vroeg Nando. 'Begin je ineens te praten nu het weer beter met je gaat?'

De Gaucho hief zijn tijdschrift omhoog en begon weer te lezen. Nando had dat gezegd omdat hij weinig praatte, maar el Nene en hij begrepen elkaar zonder te praten. Hij zweeg vaak urenlang, dan dacht hij na en hoorde van alles. Hij had het gevoel alsof er een soort gezoem in zijn hoofd zat, een kortegolfzender die door zijn schedel heen probeerde te dringen om in zijn hersenpan uit te zenden, zoiets. Soms hoorde hij ruis, rare geluiden, mensen die in vreemde talen spraken, ergens in Japan of Rusland of zo op hem stonden afgestemd. Hij lette er verder niet op, want hij had dat al sinds zijn jeugd. Maar soms had hij er wel last van, als hij wilde slapen bijvoorbeeld, of als er ineens zinnen in zijn hoofd opkwamen die hij dan hardop moest zeggen. Zoals daarnet, toen hij tegen Nando moest zeggen dat hij een Uruguayaanse weduwnaar was. Hij had dat tussen zijn schedelplaten gehoord en hardop gezegd en toen had ie hem heel raar aangekeken, Nando. Hij wilde geen problemen, maar toch moest hij lachen bij de gedachte aan die stompzinnige blik van Nando toen hij zei dat hij iets weghad van een Uru. Hij moest ook lachen om het woord 'Uru'. Dat klonk net als 'urine', iets medisch. Hij nam nog maar een peppil, een Actemin. El Nene en Nando zaten nog te praten maar de Gaucho hoorde het amper, het was als het ruisen van de wind. Hij ging op het bed zitten en luisterde.

'Hé,' zei Nando, terwijl hij van el Nene naar de gesloten deur keek. 'Is Malito daar nog steeds?'

Malito was daar nog steeds, opgesloten in de tweede slaapkamer, met de rolgordijnen neergelaten zodat de zon niet binnen kon schijnen, in het halfduister maar met een nachtlampje met een peertje van 25 watt aan omdat hij in het donker niet kon slapen, sinds zijn jaren in de gevangenis liet hij 's nachts altijd het licht aan, net als in zijn cel.

Nando had Malito leren kennen in de gevangenis van Sierra Chica, in '56 of '57. Hij herinnerde zich hem als een gesloten jongen, nog heel jong, die bij vergissing samen met een stel politici was opgepakt. Iedereen die werd opgepakt werd gemarteld, als een soort identificatiemethode. Het waren de harde tijden van het verzet en Malito werd opgesloten in een blok vol communisten, trotskisten en nazi's van de Guardia Restauradora Nacionalista. Hij knoopte banden met hen aan. Er waren leden bij van de metaalvakbond, twee of drie voormalige onderofficieren uit het leger en wat kerels uit de Tacuara-groep. Malito en Nando raakten bevriend. Uit die tijd stamde hun bijzondere band, gebaseerd op urenlange gesprekken in de dode nachten in de gevangenis. Beiden waren zeer intelligent, ze leerden snel van elkaar en begonnen algauw plannen te smeden.

'Een stel stoere kerels kan een hoop bereiken in dit land,' zei Nando altijd. 'Die kruimeldieven vormen een zootje ongeregeld. Een groep met orde en discipline, een groep goed bewapende criminelen kan hier ver komen.' En daar zaten ze dan. Hij dacht dat ze het beste een groep van mannen uit de onderwereld konden vormen, zodat ze zelf geen mensen hoefden op te leiden. Nando hoopte ze zover te krijgen dat ze zouden toetreden tot zijn organisatie. Bommen leggen, banken overvallen, elektriciteitskabels doorknippen, brandstichten, verwarring zaaien. Het was anders gelopen en de zware jongens hadden uiteindelijk Nando ingezet als organisator voor hun eigen doeleinden. Hij had een vooruitziende blik en strategisch inzicht, en hij was het brein achter de overval geweest.

Zijn contacten waren van zeer uiteenlopende aard en hij had de verbindingslijnen voor de aftocht en de vlucht na de operatie tot stand gebracht. Hij kende iedereen en wist hoe hij te werk moest gaan. Hij zou alles regelen: de valse papieren, de overtocht, de contacten in Uruguay, een schuilplaats en de verkoop van het materiaal. Hij was de tussenpersoon voor iedereen die illegaal naar Uruguay wilde oversteken. Maar er waren nog een heleboel problemen op te lossen voordat ze weg konden. En Nando was er niet voor om de betrokken politiemannen en de tipgevers van de overval te bedonderen.

Malito ging op het bed zitten en stak een sigaret op, de wapens lagen op de tafel en op de grond slingerden overal kranten. Hij wilde de buit niet delen, niet met de tipgevers en ook niet met de betrokken agenten.

'Je bent gek, ze zullen je meteen aangeven.'

'Nando, die kerels hebben geen reet gedaan, terwijl

wij verdomme alle risico hebben gelopen. Als ik ze de helft zou geven,' zei Malito lachend, 'dan zou ik pas echt gek zijn.'

De situatie was onduidelijk. De politie probeerde te verbergen wat ze wist, ze leken gedesoriënteerd en neigden ertoe de overval in verband te brengen met rechtse peronistische groeperingen. Zochten ze echt in die richting? Nando was er niet zeker van, hij kende die vuilak van een Silva goed. Commissaris Silva van Diefstal en Beroving stelt geen onderzoek in, die martelt gewoon en heeft als methode het verraad. (Zodra ze gearresteerd worden, grijpen arrestanten naar een scheermes en daarmee snijden ze zich in hun onderarmen en benen om niet met de stroomstok gemarteld te worden. 'Als je bloedt, komt er geen stroomstok. Anders zou je er onmiddellijk aan gaan.') Hij had een doodseskader naar Braziliaans model opgezet. Maar hij handelde binnen de wet, Silva, en hij werd gesteund door de Federale Politie, want zijn hypothese was dat alle misdaden een politieke signatuur hadden. 'De gewone misdaad bestaat niet meer,' beweerde Silva. 'De criminelen van nu zijn ideologen. Dat is de erfenis van het peronisme. Iedere kruimeldief die je nu betrapt roept al "Leve Perón!" of "Lang leve Evita!" als je hem wilt opsluiten. Het zijn sociale misdadigers, terroristen, terwijl hun vrouw rustig ligt te slapen staan ze midden in de nacht op, pakken bus 60, stappen in de buurt van een spoorwegovergang uit, plaatsen een bom en laten een trein de lucht in vliegen. Het zijn net Algerijnen, ze zijn in oorlog met de hele maatschappij, ze willen iedereen vermoorden.' Daarom was het (volgens Silva) noodzakelijk om de politieacties met de Algemene Inlichtingendienst af te stemmen en de stad van dit uitschot te zuiveren.

Goed in zijn vak, intelligent en competent, maar kil en uiterst fanatiek, deze commissaris Silva. Hij had een merkwaardig verleden, waar niemand het fijne van wist. Volgens sommigen was zijn dochter bij een aanslag om het leven gekomen toen ze uit school kwam, volgens anderen was zijn vrouw verlamd geraakt (doordat ze in de liftkoker was gegooid), hijzelf had een kogel in zijn ballen gekregen en was nu impotent, dat soort verhalen deden de ronde, in allerlei varianten. Hij was paranoïde, sliep nooit, had een aantal bizarre ideeën over de politieke toekomst van het land en het oprukken van de communisten en het proletariaat. En hij droeg deze ook uit, hield voordurend redevoeringen. Omdat ze hun buik vol hadden van de heroïsche strijd, waren de mensen van het peronistisch verzet (zo vatte Silva het samen) ook maar hun zakken gaan vullen. Die connectie met de onderwereld diende verbroken te worden, want de tijd van de anarchisten, toen de zakkenvullers niet van de politici waren te onderscheiden, mocht niet terugkeren. De kloeke politiemacht van de provincie Buenos Aires voerde sinds enige tijd een harde campagne. Ze vermoordden iedereen die wapens in zijn bezit had en wilden geen gevangenen maken. En ze hadden steun gevonden bij het hoofd van de Federale Politie, die bij iedere staking vreesde voor een politieke omwenteling.

'Silva heeft wel een vermoeden wat er aan de hand is. Hij wacht nog even omdat hij zeker wil zijn, maar het barst van de verklikkers die hem op de hoogte houden ...'

'Hebben jullie met hem gepraat ...?'

'Er zitten mensen van ons op het Hoofdbureau. We weten waar ze mee bezig zijn, maar Silva gaat in zijn eentje te werk, die vertrouwt zijn eigen moeder nog niet. Snap je?'

'Ja,' zei Malito. Hij maakte zich zorgen. 'Roep Mereles.'

Mereles kroop het bed uit waarin hij lekker met het meisje lag, ging naar de andere slaapkamer en sloot zich daar op met Malito en Nando. Na een poosje kwam hij met een verveeld gezicht weer naar buiten.

'Kom even mee, Nene,' zei hij en hij richtte zijn blik toen op de Gaucho. 'Malito zegt dat je je oren goed moet openhouden en af en toe door het klapraampje de straat in de gaten moet houden.'

Dorda had een wond in zijn nek, niets ernstigs, een kogel was tegen de kolf van zijn pistool afgeketst en afgedwaald naar zijn hals. Hij was gaan bloeden en iedereen dacht dat hij zou sterven, maar na een paar uur was de wond dichtgetrokken en begon hij er weer beter uit te zien. Maar hij was verzwakt doordat hij veel bloed had verloren en el Nene had hem een paar keer verbonden.

'Wat is er aan de hand?'

'Niets. Ik moest dat alleen zeggen.'

Dorda bleef roerloos liggen. Hij keek naar el Nene Brignone, die zijn pistool tussen zijn riem stak en samen met Mereles het andere kamertje in ging.

'Wakker worden, Gaucho,' zei de Kraai vanuit de deuropening. 'En hou je leuter in bedwang.'

Gaucho Dorda bleef alleen achter in de kamer. Zonder van houding te veranderen grabbelde hij op de vloer naar het flesje met amfetaminepillen en werkte er een paar naar binnen. Zij daar, aan de andere kant van de deur, bekokstoofden alles. Ze praatten nooit met hem, vroegen hem nooit iets. El Nene ging over de plannen. Omdat de Gaucho en el Nene in de ogen van de Gaucho een en dezelfde persoon waren. Tweeling-broeders, piratenbroeders, dat hield in (zo probeerde Dorda het uit te leggen) dat ze elkaar blindelings begrepen, op het gevoel handelden. Dat idee had hij, dat hij hetzelfde voelde als el Nene Brignone. En daarom liet Dorda het aan el Nene over om de dagelijkse gang van zaken te bepalen. Geld en het nemen van beslissingen vond hij niet belangrijk. Het enige wat hem interesseerde waren drugs, 'zijn duistere pathologische geest' (stond er in het psychiatrisch rapport van dr. Bunge) dacht zelden aan iets anders dan aan drugs en de stemmen in zijn hoofd. Het was logisch (nog steeds volgens dr. Bunge) dat hij het nemen van beslissingen overliet aan el Nene Brignone. 'Een buitengewoon interessant geval van gestaltsymbiose. Twee mensen die handelen alsof ze samen één zijn. De Gaucho treedt op als het lichaam, is puur de uitvoerder, een psychotische moordenaar; el Nene is het brein en denkt voor hem.'

Hij hoorde dus stemmen, de Blonde Gaucho (volgens Bunge). Niet altijd, maar soms hoorde hij stemmen in zijn hoofd, tussen zijn schedelplaten. Vrouwen die tegen hem praatten, hem bevelen gaven. Dat was zijn geheim en er waren verschillende testen en verschillende hypnosesessies nodig om de betekenis van die innerlijke muziek uit hem te krijgen. De gevangenispsychiater, dr. Bunge, raakte geobsedeerd door het geval, beet zich vast in de stemmen waar de gevangene Dorda in stilte naar luisterde. 'Ze zeggen tegen me dat er in de buurt van Carhué een meer is en dat je als je daarin gaat blijft drijven, omdat het water zo zout is, ze zeggen dat daar een indianenopperhoofd is verdronken, zo'n klote-indiaan, die is daar verdronken omdat ze een molensteen om zijn nek hadden gebonden, want ze zeggen dat hij een blanke gevangene had genaaid die met een ketting rond zijn enkel aan een paal in het kamp zat vastgebonden, en die indiaan, dat Coliqueo-opperhoofd, is naar de man toe gegaan en heeft hem verkracht. En toen hebben ze hem in het meer verdronken. En soms komt die schoft met veren en al bovendrijven en dan voert de stroom hem mee tussen de rietlanden, dan drijft hij als een spook tussen het bamboe en het fluitende riet.' Vervolgens begon hij, de Blonde Gaucho, met vlakke stem een passage uit de Heilige Schrift (Mattheus XVIII: 6) op te dreunen die hem (naar hij beweerde) door een pastoor werd ingefluisterd. 'En al wie een blanke man geweld aandoet, het ware beter voor hem dat hem een molensteen om de nek werd gebonden en hij verdronken werd in de diepe wateren van het meer van Carhué.'

Afgezien van die stemmen was hij normaal. Soms dacht dr. Bunge weleens dat hij maar deed alsof, deze Dorda, dat hij gewoon onder de wet uit wilde komen en deed alsof hij gek was om niet veroordeeld te worden. In zijn rapport verklaarde Bunge de 'karakteropathie' van Dorda hoe dan ook als die van een schizofreen, met een neiging tot afasie. Omdat hij stemmen hoorde sprak hij weinig, dat was de reden van zijn zwijgzaamheid. Maar mensen die nooit praten, autisten en zo, horen altijd stemmen, altijd mensen die tegen hen praten, zij leven op een andere golflengte en worden altijd in beslag genomen door herrie in hun hoofd, een nooit ophoudend geroezemoes, ze horen bevelen, geschreeuw, onderdrukt gelach. (Ze zeiden soms 'snoesje' tegen hem, de stemmen, zo noemden die vrouwen hem, de Blonde Gaucho, kom hier snoesje, poppetje, en dan bleef hij doodstil zitten, opdat niemand zou horen wat ze zeiden, en staarde bedroefd naar de lucht en had zin om te gaan huilen, maar hij deed het niet, omdat niemand mocht merken dat hij een vrouw was.) Hij was daarentegen heel trots op zijn koelbloedigheid en vastberadenheid. Niemand kon zijn gedachten lezen, niemand kon horen wat de vrouwen tegen hem zeiden. Hij droeg altijd een Clipper-zonnebril met spiegelende glazen, die hij gevonden had toen hij op een nacht in de buurt van Palermo de auto van een rijke patser had gekraakt. Hij vond die bril prachtig, die gaf hem iets mondains, en in iedere spiegel, iedere winkelruit waar hij langskwam, keek hij even van opzij naar zichzelf.

Nu zette hij zijn Clipper af en begon aandachtig het ontwerp van een buitenboordmotor van een op schaal getekende speedboot te bestuderen. Hij lag nog steeds languit op de bank het tijdschrift *Mecánica Popular* te lezen, en soms stopte hij even om zelf een motor te tekenen. Hij ging rechtop zitten, legde een vel tekenpapier op het bijzettafeltje en begon de punt van zijn potlood te slijpen.

Op dat moment verscheen het meisje, gekleed in een herenoverhemd, en op blote voeten liep ze naar de keuken.

'Heb je iets nodig, moppie?' vroeg de Gaucho.

'Nee, dank je,' zei het meisje en de Gaucho zag haar kontje opwippen toen ze op haar tenen ging staan om de dope van de bovenste plank van het bovenkastje te pakken.

'Krijg ik een kusje?' zei Dorda.

Het meisje bleef in de deuropening staan en lachte. Ze behandelde hem alsof hij onzichtbaar was, of een meubelstuk. Hij zag haar schaamhaar tussen de slippen van het overhemd van de Kraai. Hij stelde zich de zijdezachte aanraking van de stof tussen haar benen voor en kon zijn blik niet van haar afwenden.

'Wat kijk je nou? Pas op, hoor, anders zeg ik het tegen Pappie,' zei het meisje en ze verdween weer in de slaapkamer.

De Gaucho maakte aanstalten om op te staan en haar achterna te gaan, maar met een soort glimlach op zijn gezicht strekte hij zich weer uit op de kussens. Als hij ergens van baalde, glimlachte hij als een kind.

Met half verdraaide oogjes keek hij naar de gesloten deur, hij keek scheel naar binnen (zoals wijlen zijn moeder zei), een convergente scheelheid die hem het uiterlijk gaf van een uiterst gevaarlijk, maniakaal individu, wat hij ook was (aldus dr. Bunge).

Dorda heeft dus helemaal het gezicht van het soort sujet dat hij vertegenwoordigt (nog steeds volgens dr. Bunge), een gestoorde crimineel die zijn criminele daden met een nerveuze, engelachtige glimlach en zonder enig gevoel begaat. In zijn jeugd had wijlen zijn moeder hem een keer betrapt toen hij bezig was een levende kip met een scheerschaar in tweeën te knippen en ze had hem toen naar het politiebureau gebracht om hem te laten opsluiten, ja, met een leren riem had wijlen zijn moeder hem, daar in Longchamps, het kippenhok uit gedreven en hem de bak in laten draaien.

'Mijn eigen moeder,' stamelde hij, zonder te weten of hij haar moest vervloeken of haar dankbaar moest zijn voor haar poging hem op het rechte pad te brengen. 'Slechtheid is niet iets waar je voor kiest,' zei Dorda, totaal speedy door de combinatie van amfetamine en cocaïne, 'het is als een fel licht dat over je komt en je meeneemt'.

Als kind werd hij een aantal malen opgepakt, totdat hij op zijn vijftiende naar de psychiatrische inrichting Melchor Romero, in de buurt van La Plata, werd gestuurd. De jongste patiënt in de geschiedenis van de inrichting, zei Dorda altijd vol trots. Hij moest in een witte zaal met andere gekken gaan zitten en kwam amper boven de tafel uit. Maar hij was een echte judas, een jeugdcrimineel: hij doodde katten door ze in wespennesten te zetten. Dat was nog een hele toer.

'Ik wil niet opscheppen,' zei de Gaucho, 'maar ik had een paar lussen van prikkeldraad gemaakt, zodat het katje zich niet kon bewegen, hij piepte en krijste alleen als een mager speenvarken, die kat.'

Korte tijd later stak hij een landloper dood, om hem van zijn zaklantaarn te beroven. Eerst werd hij naar het politiebureau gebracht, waar hij in elkaar werd geslagen, en vervolgens werd hij in die psychiatrische kliniek opgenomen.

De dienstdoende arts was een kale man met een bril, die aantekeningen maakte in een opschrijfboekje. Hij stuurde hem naar het paviljoen van de rustige gekken en de eerste nacht werd hij door drie ziekenbroeders gepakt. De eerste moest hij pijpen, de tweede hield hem vast terwijl de derde hem van achteren nam.

'Zo'n pik.' En met zijn handen gaf Dorda de maat aan. 'Ik wil niet opscheppen, hoor.'

Hij werd een vaste klant in het gekkenhuis. Hij ontsnapte en werd weer opgepakt, ontsnapte en zwierf rond in de buurt van stations, van Retiro en Once. Zakkenrollen, inbreken in leegstaande huizen. Hij was gek op wapens en werd gaandeweg een expert in het stelen van auto's. Als hij een auto in het oog kreeg, kostte het hem twee minuten, op zijn hoogst tweeënhalve minuut, totdat hij hem open had. De snelste jongen van het westen, werd er gezegd, want hij opereerde altijd in de westelijke voorsteden Morón en Haedo. Hij kwam van het platteland en trok altijd naar de buitenwijken van de stad. Hij had het uiterlijk van een boer, met blond haar, blauwe ogen en rode wangen. Hij was het prototype van een boerenjongen en kwam uit María Juana, in de provincie Santa Fe. Hij was afkomstig uit een familie van emigranten uit Piemonte, hardwerkende mensen, even zwijgzaam als hij, maar zij hoorden geen stemmen. Die slechtheid van hem, zei zijn moeder altijd, is even krachtig en hardnekkig als de ijver waarmee zijn broers en zijn vader het land bewerken.

'Op het platteland worden je hersens gekookt door de zon. 's Zomers vallen de vogels uit de bomen van de hitte. En met werken schiet je niks op,' zei Gaucho Dorda. 'Hoe harder je werkt hoe minder je hebt, mijn jongste broer moest zijn huis verkopen toen zijn vrouw ziek werd, en die had zijn leven lang gewerkt.'

'Ja, natuurlijk,' zei el Nene lachend. 'Kom je er ook achter, slimmerik, werken is voor de dommen …'

El Nene Brignone en Gaucho Dorda, altijd samen. Ze hadden elkaar leren kennen in de gevangenis van Batán, die zwijnenstal, waren samen in een paviljoen van homoseksuelen beland. Broodpoten, bruinwerkers, travestieten … de hele reutemeteut.

'De eerste keer dat een man het met me heeft gedaan dacht ik dat ik zwanger zou raken,' zei Dorda. 'Achterlijk, hè? Ik was nog hartstikke jong en toen ik zijn paal zag, viel ik bijna flauw van geilheid.' Hij lachte luid en dwaas, Dorda, en maakte Malito nerveus, want die was zeer professioneel en hield niet van grofheden en ook niet van nichten, omdat ze volgens hem te veel kletsten.

Maar dat was niet waar, protesteerde el Nene, er waren nichten die de stroomstok hadden doorstaan zonder iets te zeggen en hij kende ook mannen die heel stoer deden maar als ze een knuppel zagen al begonnen te zingen.

'Maffe Margarita, een travestiet, stopte gilettemesjes in haar mond en maakte daar één grote bloederige bende van, liet haar tong aan de juten zien en zei: "Als je wil dan pijp ik je, schatje, maar je krijgt me niet aan het praten …" Ze hebben haar vermoord en moesten haar bij Quilmes in de rivier gooien, helemaal naakt op haar armband en haar ringen na, maar ze hebben geen woord uit haar gekregen.'

'Je moet een echte man zijn om je door een man te laten naaien,' zei Gaucho Dorda. En hij lachte als een klein meisje, killer dan een kat. Hij had ooit iemand een stopnaald in zijn longen gestoken en de man had pfff gedaan, was leeggelopen als een luchtballon. Die kerel had gezegd dat hij gaga was. En de Gaucho hield er niet van dat ze zeiden dat hij gaga was, of kierewiet. De Blonde Gaucho wilde meer respect, ik ben mijn hele leven al op het verkeerde pad, en dan lachte hij als een meisje.

El Nene had onmiddellijk doorgehad dat de Gaucho zeer intelligent maar getikt was.

'Psychotisch,' zei die idioot van een Bunge, in het Melchor Romero.

Daarom hoorde hij stemmen. Als iemand moordt om het moorden komt dat omdat hij stemmen hoort, mensen hoort praten, verbonden is met de Centrale, met stemmen van de doden, van mensen die weg zijn, van vrouwen die ze ooit hebben gehad, het is een soort gezoem, zei Dorda, een elektrisch gebrom dat steeds 'krak' zegt, 'krak' in je kop, waardoor je niet kunt slapen.

'Jullie hebben het maar zwaar, mafkees, met altijd een radio in je hoofd, jij weet hoe dat is, als ze tegen je praten, allemaal nare dingen tegen je zeggen.'

El Nene had medelijden met de Blonde Gaucho en paste op hem, verdedigde hem. Hij was ook degene die hem bij de overval in San Fernando had gehaald. Malito had hem gebeld. Hij hield el Nene al een tijdje goed in de gaten, want hij had een zware jongen van de nieuwe generatie nodig, hij wilde de harde kern vernieuwen, weg met die ouwe knarren (één ouwe knar is genoeg, zei Malito, die onlangs veertig was geworden). Hij had hem de klus aangeboden en el Nene had gezegd: 'Als we fiftyfifty doen met de kit, hoeveel blijft er dan voor ons over?'

'Op zijn minst een half miljoen … te verdelen onder ons vieren.'

'En die andere half miljoen?'

'Voor hen,' zei Malito.

En met 'hen' bedoelde hij degenen die de zaak hadden aangedragen, inclusief juten en mensen van de gemeente. El Nene moest erover nadenken, kon niet meteen beslissen. Ze waren voorwaardelijk vrij, als hij weer gepakt werd kwam hij de bak nooit meer uit.

'Ik doe het, maar samen met de Blonde Gaucho, anders niet.'

'Zijn jullie getrouwd of zo?' vroeg Malito.

'Heb je het ook in de gaten, lul,' zei el Nene.

Als er gebrek aan vers bloed was, sliepen ze samen, el Nene en de Blonde Gaucho, maar steeds minder vaak.

Dorda was een halve mysticus, hij liet zich liever neuken dan pijpen, omdat hij zwaar bijgelovig was. Hij dacht dat als hij zijn zaad verspilde, hij het weinige licht dat hij nog in zijn bovenkamer had zou verliezen en dan helemaal geen gedachten meer zou hebben.

'Ik ben zo geworden door al die handenarbeid. Echt waar, dokter,' zei de Gaucho tegen de arts, alsof hij hem in de maling wilde nemen. 'Maar wat moet je anders in de bak? Je doet het elk halfuur, net als een aap ... of als een hond die zich likt, hebt u dat nooit gezien, dokter? Honden likken zich, in Devoto was een vent uit Entre Ríos die zichzelf kon likken, die vouwde zich dubbel als een stuk ijzerdraad en likte zijn eigen ding,' vertelde de Gaucho lachend ...

'Oké, Dorda,' zei dr. Bunge. 'Genoeg voor vandaag.' En op zijn kaart noteerde hij: 'Geobsedeerd door seks, polymorf pervers, buitensporig libido. Gevaarlijk, psychotisch, van de verkeerde kant. Ziekte van Parkinson.'

Hij had een lichte tremor, elektrisch en bijna onzichtbaar, de Gaucho, maar hij verklaarde altijd alles aan de hand van een systeem van lichaamssappen en -gassen.

'We bestaan uit lucht,' zei hij. 'Huid en lucht. Binnen in ons lichaam is alles verder vochtig, tussen onze huid en de lucht – hij probeerde het wetenschappelijk te verklaren, de Blonde Gaucho – zitten buisjes.'

Zijn visie van de mens als luchtballon zag hij bevestigd toen de man die hij met een stopnaald had geprikt leegliep en als een ouwe lap op de grond bleef liggen, die man, als een hoopje vuil wasgoed daar op de grond.

'We bestaan uit vocht, lucht en bloed,' zei de Gaucho op een nacht dat hij stijf stond van de coke en spraakzaam was.

'Hij was heel spraakzaam,' vertelde el Nene, hij wist het nog precies. 'Hij had eersteklas spul genomen dat we in het dashboardkastje van een gigantische slee van een kamerlid hadden gevonden.'

'Er zijn dus buisjes,' beweerde Dorda, terwijl hij op zijn borst klopte, 'en die lopen hier.' En vervolgens wroette hij met zijn vingers tussen zijn ribben. 'Ze zijn van een soort plastic en ze lopen de hele tijd vol en weer leeg, vol en weer leeg. Als ze vol zijn, denk je na, als ze leeg zijn, slaap je. Als je je iets herinnert, iets uit je jeugd of zo, komt dat doordat die dingen die je je herinnert door de lucht schuiven, langs komen schuiven, die herinnering of wat dan ook. Zo is het toch, Nene?'

'Jazeker,' zei Brignone, want hij gaf hem altijd gelijk.

Zeer intelligent die Dorda, maar heel gesloten door dat probleem van hem, die afasie, dat zwijgen, want soms praatte hij ineens een maand lang niet, dan probeerde hij zichzelf met tekens en gebaren verstaanbaar te maken, rolde met zijn ogen of perste zijn lippen op elkaar om iets duidelijk te maken. Alleen el Nene kon hem dan begrijpen, die knettergekke Gaucho. Maar een vent uit één stuk, de dapperste kerel die er bestond (volgens Brignone). Eens had hij met een .9 tegenover de kit gestaan en ze in bedwang weten te houden totdat el Nene met een auto achteruit had kunnen rijden en hem had opgepikt, in Lanús. Dat was prachtig geweest, zoals hij daar met beide handen had staan schieten, doodkalm, *beng-beng*, elegant bijna, terwijl de juten het in hun broek deden van angst. Als ze een vent zien die zo vastberaden is, die schijt heeft aan alles en iedereen, dan hebben ze daar respect voor. Stel dat het oorlog was, dat de Gaucho geboren was in de tijd van generaal San Martín, zei el Nene, dan zouden ze een standbeeld voor hem hebben opgericht. Dan zou hij, weet ik veel, een held of zo zijn, maar hij is in de verkeerde tijd geboren. Hij heeft het probleem dat hij zich niet kan uiten, dat hij een binnenvetter is. Maar dat is juist ideaal voor speciale klussen. Hij gaat erheen en schiet iedereen overhoop, in een vloek en een zucht. Eens bij een overval wilde de kassier ons niet geloven, hij dacht dat het een grap was en deed heel onnozel, die kassier van de bank, omdat de Gaucho zijn wapens niet liet zien.

'Hij zei: "Dit is een overval."'

En toen die ezel van een kassier met zijn achterlijke smoel hem zag, dacht hij dat het een grap was, dat hij hem voor de gek hield. Ga weg, zei hij, of hou op met die onzin, sukkel, zoiets zal hij hebben gezegd. Waarop Dorda heel even zijn hand bewoog, zo, in de zak van zijn witte jas (want hij droeg een doktersjas), en het gezicht van de man met één schot aan flarden schoot.

De mensen van de bank begonnen uit zichzelf de zak te vullen met geld toen ze zagen dat hij begon te lachen nadat hij die kassier had omgelegd. Echt een heel zware jongen, Gaucho Dorda, totaal geschift. Die juten slaan hem niet eens meer in elkaar en leggen hem ook niet meer op de grill, want je kunt hem afmaken, hij praat toch niet.

'Je doet me denken aan een vent die ik ooit heb opgepikt op het Retiro, in de toiletten, dat heb ik je weleens verteld, Gaucho, die was net als jij, ik stond te plassen en hij draaide maar om me heen, keek naar mijn ding, draaide maar om me heen, dus ik begon maar wat tegen hem aan te babbelen en toen liet die vent me een stukje papier zien waarop stond: *Ik ben doofstom*. Maar ik heb hem er evengoed in gestoken. En hij heeft me anderhalve *gamba* betaald. Hij hijgde toen ik hem naaide, logisch want hij kon niets zeggen, maar hij hapte naar lucht, hijgde van genot. Ik ben doofstom,' vertelde el Nene lachend en de Gaucho keek hem blij aan en begon ook te lachen, met een gestoord lachje.

Dorda wist het nog en hield van hem, van el Nene. Hij kon zich niet uiten, maar hij was bereid zijn leven voor Brignone te geven. Nu vermande hij zich en stond op. Het kostte hem moeite om na te denken, maar als hij nadacht werkte zijn hoofd als een vertaalmachine (volgens dr. Bunge), waarbij hij altijd dacht dat de hele wereld tegen hem was (tegen hem of el Nene Brignone). Hij vertaalde wat er tegen hem gezegd werd. Als kind ging hij bijvoorbeeld naar het filmzaaltje van de kerk, want hij kwam van het platteland, Dorda, en op het platteland is film een religieus vermaak. Als je naar de mis ging (vertelde de Gaucho) gaf meneer pastoor je bij het weggaan een bonnetje (als je ter communie was gegaan, kreeg je er twee) waarmee je gratis naar het filmzaaltje kon en 's ochtends na de mis kon Dorda feuilletonfilms zien en dan vertaalde hij de film altijd alsof hij zelf op het witte doek was, alsof hij het zelf allemaal meemaakte. ('Eén keer was hij de filmzaal uit gezet omdat hij zijn piemel tevoorschijn had gehaald en was gaan plassen: op de film had hij een jongen met zijn rug naar de zaal toe zien urineren, in het donker ergens op het land …' Letterlijke tekst van de koster tegen dr. Bunge in het psychiatrisch rapport.) Heel gelovig, die Dorda, wilde altijd bij God in de gratie zijn en zijn moeder verklaarde zelfs dat hij priester had willen worden in Del Valle (een dorp dat vijf kilometer verderop lag) waar de broeders van het Heilig Hart zaten, maar toen hij daarheen ging was hij onderweg door een zwerver gepakt en daarmee was alle ellende begonnen.

Op dat moment kwam Mereles de slaapkamer uit.

'Wat ben je aan het doen, stommeling,' zei hij tegen de Gaucho, die lag te dommelen. 'Kom, we moeten naar beneden om te telefoneren.'

Ze hadden besloten de boel te belazeren en niemand uit te betalen. Daarom had Malito de plannen omgegooid en moest de Kromme Bazán gebeld worden. Het was donderdagochtend zes uur. Ze mochten niet tegen de Kromme zeggen waar ze zaten, maar ze moesten zeggen dat hij Fontán Reyes op een bepaald tijdstip in een bar op de hoek van Carlos Pellegrini en Lavalle moest treffen. Dat was om hem bezig te houden terwijl zij zich naar een andere schuilplaats zouden verplaatsen. Hij had het bevel gegeven om te vertrekken en uit te wijken naar Nando's huis in Barracas. Daar zouden ze dan wachten totdat de contacten waren gelegd om naar Uruguay over te steken.

Lang, mager, met de ogen van een gier en een arrogante glimlach rond zijn lippen, werd de Kromme Bazán drie uur na dit telefoontje aangehouden. Om hem te dekken zei commissaris Silva dat ze hem hadden gearresteerd omdat hij zich ophield in de buurt van het plein waar de overval was gepleegd en gewapend was. Hij beweerde dat hij een pistool bij zich had 'om zwerfhonden af te maken, want daar stikt het van in Hurlingham'. In werkelijkheid was hij een informant van de politie. Silva had hem al een jaar lang in de tang als verklikker en in ruil daarvoor mocht hij in het havenkwartier zijn gang gaan met drugs en vrouwen.

4

De volgende dag stonden er foto's in de krant van commissaris Silva op het moment dat hij het lijk van de Kromme Bazán identificeert in een bar bij de haven. Zijn verklaringen waren, zoals dat past binnen de denktrant van de politie, hoogdravend en tegenstrijdig (en zelfs onverenigbaar).

'In dit land maken criminelen elkaar af om zelf uit handen van de politie te blijven. We zijn de moordenaarsbende die de Banco de San Fernando heeft overvallen op het spoor en hun uren zijn geteld.'

De commissaris droeg een gekreukeld pak en een van zijn handen zat in het verband. Hij had al twee nachten niet geslapen en zijn hand had hij gebroken bij het slaan van het liefje van Mereles, die had geweigerd mee te werken en tijdens het verhoor de hele tijd had zitten spugen en schelden. Ze was nog maar een meisje, een jong grietje dat zo nodig de heldin moest uithangen, en uiteindelijk had hij haar zonder dat hij veel uit haar had gekregen aan de rechter moeten overdragen. Bij de eerste dreun die hij haar had gegeven, had hij al een botje in zijn vinger gebroken en nu was zijn hele hand gezwollen en pijnlijk. In de bar vroeg hij om ijsblokjes en die hield hij in een wit servet tegen zijn vinger gedrukt. Hij richtte zijn blik op de journalisten.

'U denkt toch niet dat ...' begon de jongeman die de politierubriek in *El Mundo* verzorgde.

'Ik denk niet, ik doe onderzoek,' kapte Silva hem af.

'Er wordt beweerd dat hij een informant van de politie was.' De verslaggever was een knulletje met een krullenkop en op de revers van zijn ribfluwelen jasje zat een perspas waarop 'Emilio Renzi' of 'Rienzi' stond. 'En er wordt ook beweerd dat Bazán vastzat … Wie heeft opdracht gegeven hem vrij te laten?'

Silva keek hem aan en hield zijn gewonde hand tegen zijn borst. Natuurlijk was hij degene geweest die Bazán had vrijgelaten, om hem als lokaas te gebruiken.

'Hij is een misdadiger en zit bij ons in het systeem. Maar hij heeft nooit vastgezeten …'

'Wat is er met uw hand gebeurd, commissaris?'

Silva probeerde een verhaal te verzinnen dat de jongen aannemelijk zou vinden.

'Die heb ik verstuikt toen ik een paar klotejournalisten in hun ballen beukte.'

Commissaris Silva was een dikke man met indiaanse trekken en een wit litteken dwars over zijn wang. Het verhaal van dat litteken kwam elke ochtend als hij in de spiegel keek weer terug. Een gestoorde jongen had hem met een mes gestoken, zomaar, toen hij op een avond zijn huis verliet. Dat rotjong had in zijn nek gehijgd en hem met een mes bedreigd, zonder te weten dat hij een politieman was. Toen hij daarachter kwam, werd de zaak alleen maar erger. Het probleem is altijd de angst van de ander, de waanzin die plotseling bij iemand toeslaat als hij zich ingesloten voelt en geen ontsnappingsmogelijkheid ziet. Ze liepen de straat op en voordat de jongen er in zijn auto vandoor ging, gaf hij hem met het mes een haal over zijn gezicht. Het was alsof er iets brandends tegenaan werd gehouden, hij voelde een ijzig vuur, iets wat zijn kaak openspleet en voor altijd een litteken achterliet.

Tegenwoordig woonde hij alleen, zijn vrouw had hem twee jaar geleden verlaten. Hij zag haar nog weleens als ze de kinderen kwam brengen, maar dan herkende hij haar amper. Zonder enige belangstelling zag hij zijn kinderen opgroeien, alsof het vreemden waren, want het enige wat hem interesseerde was zijn werk. Silva wist dat je in zijn beroep niet met andere dingen bezig kon zijn. Ditmaal hadden ze hem volledig de vrije hand gegeven.

'Ik wil dat de zaak snel wordt opgelost,' had zijn baas gezegd. 'Maak je niet druk om wat ze in de rechtszaal zullen zeggen.'

Er was grote druk om iemand te arresteren.

'De journalisten zitten boven op de zaak, ik zal een persconferentie moeten geven.'

'Heb je enig spoor?'

Commissaris Silva reed in zijn auto over de Calle Moreno in de richting van de Calle Entre Ríos, buiten diensttijd. Het was bijna negen uur 's avonds. Hij reed rustig. Het was stil in de stad. Er worden moorden, overvallen en overspel gepleegd, maar op straat gaat alles zijn gewone gang en heerst de valse schijn van rust die de voorbijgangers zelf aan de dingen geven.

Vaak bleef Silva tot diep in de nacht op, dan kon hij niet slapen en stond voor het raam naar de donkere stad te kijken. Iedereen probeert het kwaad te verbergen. Maar het kwaad lag overal op de loer, op iedere hoek van de straat, in elk huis. Hij woonde nu in een hoog flatgebouw in Boedo en bij het zien van de lichten in de huizen en de appartementen zo midden in de nacht moest hij denken aan de misdaden die de volgende dag op de voorpagina van de kranten zouden staan.

De executie van de Kromme was de genadeslag voor de bende, die nu niet meer weg kon komen. De politie zou iedereen doden die in de weg stond en de les moest duidelijk zijn. Nando Heguilein was in de achterhoede gebleven, om de laatste bewegingen te dekken en her en der geld neer te leggen voor de overtocht naar Uruguay. Alles liep fout en ze zaten in het nauw. De politie had een inval gedaan in de schuilplaats in de Calle Arenales en door de arrestatie van Blanca was Mereles over de rooie, die overwoog zelfs om in Buenos Aires te blijven om de strijd aan te binden met Silva en alle verklikkers die voor de kit werkten. Malita gebood hun kalm te blijven, meer dan ooit moesten ze nu hun verstand gebruiken en zich niet laten provoceren.

Silva had Fontán Reyes opgepakt in de Esmeralda, een bar aan de Avenida Carlos Pellegrini waar veel mensen uit de tangoscene kwamen. De bar was vlak bij de Sociedad Argentina de Autores y Compositores en het wemelde er altijd van de jonge, opkomende sterren en van de oude garde die niet meer actief was in de wereld van het amusement. Toen Silva met zijn ploeg binnenkwam bleef iedereen in het café als versteend zitten, als onder een glazen stolp. Dat was het effect dat zijn komst op een plek als deze altijd veroorzaakte. Stilte, trage bewegingen en angstige gezichten.

Fontán Reyes was een elegante man, al was hij een paar kilo te zwaar en had hij de opgefokte blik van een drugsverslaafde. Silva liep naar hem toe en ging naast hem zitten.

'Hij leek nerveus, maar dat is logisch. Iedereen wordt nerveus als ik met hem praat,' zei de commissaris.

Op deze manier wist hij er (volgens de kranten) achter te komen hoe de overval op het geldtransport van de gemeente was opgezet. De informatie over het transport was via de gemeenteraad naar buiten gelekt. Carlos A. Nocito, vijfendertig jaar oud, gehuwd, neef van Atir Omar Nocito alias Fontán Reyes, werkte als inspecteur bij Openbare Werken van de gemeente San Fernando. Hij was een invloedrijk man die gunsten uitdeelde in zijn ambtsgebied, een typisch voorbeeld van een hoge piet die langs de rand van het strafbare laveerde. Elders zou hij een maffiabaas zijn geweest, maar hier hield hij zich bezig met kleine zaakjes zoals omkoping en afpersing van clandestiene gokhuizen en hoerenkasten. Hij was mede-eigenaar van een speelhol in Olivos, had belangen in verschillende ondernemingen aan de kust en was de zoon van don Maximo Nocito, alias Nino, voorzitter van de gemeenteraad van San Fernando, voor de Unión Popular. Tijdens het verhoor na zijn arrestatie gaf Nocito uiteindelijk toe dat hij een ontmoeting met grootgrondbezitters had gehad met wie zijn neef Fontán Reyes hem in contact had gebracht, en dat hij met hen gesproken had over een overval op het geldtransport van de gemeente. De bijeenkomsten hadden plaatsgevonden in een luxueus appartement aan de Calle Arenales.

Blanquita Galeano, het liefje van Mereles, was (volgens de kranten) een jong meisje uit de middenklasse, afkomstig uit een doodgewoon, in de buurt gerespecteerd gezin. Tot haar vijftiende was haar gedrag normaal geweest, feestjes, afspraken bij vriendjes en vriendinnetjes thuis, maar die zomer was ze in haar eentje naar Mar del Plata gegaan. Blond, lang en slank, met een knap gezichtje en leuke kleren, had ze indruk gemaakt op de zoon van een grootgrondbezitter die een luxeleventje leidde in deze vrolijke stad. Zijn naam was Carlos Alberto Mereles. Dure kleurenfoto's getuigen van het prille begin van hun romance. Toen moest ze weer terug. Hoe lang duurde het voordat Blanca in de gaten had dat Mereles een crimineel was? Een maand, twee maanden? Toen ze erachter kwam, was het al te laat. Eind augustus trouwden ze. Althans dat dacht ze. Want de politie heeft nu ontdekt dat de trouwakte vals was en de hele ceremonie een schijnvertoning. Blanquita, het meisje van zestien, zit nu vast bij de recherche in Martínez.

Uiteindelijk bekende ze dat Mereles enkele uren voor de komst van de politie samen met drie handlangers het appartement aan de Calle Arenales had verlaten en dat ze het grootste deel van het geld van de overval en zware automatische wapens hadden meegenomen, maar ze kon (of wilde) niet vertellen waar de gangsters heen waren gegaan. Volgens de door het meisje afgelegde verklaring zouden de overvallers nog in de buurt zijn, omdat iedereen bang voor hen was en niemand hen wilde helpen en Malito, de leider van de bende, er in zijn eentje vandoor was gegaan.

'Hij is naar Tigre gegaan,' zei het meisje, inmiddels zwaar toegetakeld, terwijl ze het bloed met een zakdoek wegveegde. 'Daar is een Pool die hem zal helpen. Dat is alles wat ik weet.'

Die Pool was graaf Mitzky, die het netwerk van smokkelaars en koeriers langs de Río de la Plata controleerde. Ze hadden douanebeambten en mannen van de marechaussee voor zich gewonnen en die knepen een oogje dicht bij het clandestiene verkeer naar de overkant van de rivier.

Silva gaf opdracht de delta stroomopwaarts, tot aan Isla Muerta, af te zoeken en toen ging hij weer terug naar de bar in de haven waar het lijk van de Kromme Bazán was gevonden. Er waren nog geen sporen, Malito had twee uur voorsprong.

In interviews met de pers zeiden de eigenaars van de rotisserie aan de Calle Arenales nr. 3300 dat ze zich hadden verbaasd over de bestellingen die de overburen de godganse dag kwamen doen. Hele speenvarkens, rijen kippen aan het spit, grote hoeveelheden van de duurste wijnen. Duizenden peso's per dag en alles in klinkende munt betaald. Buurtbewoners zeiden dat het ging om 'veehouders' met belangen in Patagonië en landerijen in het gebied Venado Tuerto. De eigenaar van een grote winkel in muziekapparatuur aan de Avenida Santa Fe had hetzelfde verhaal. Twee heren die op Arenales nr. 3300 woonden hadden een paar maanden geleden op grote schaal inkopen gedaan. Bandrecorders, draagbare radio's, stereoapparatuur, een complete discotheek. Gezien de omvang en het bedrag van de aankopen had hij zich er persoonlijk mee bemoeid. Daarom was hij ook gaan toezien bij de installatie van de apparatuur en zo was hij binnen geweest in 'het meest luxueuze appartement dat je ooit hebt gezien', zoals hij het tegen de journalisten uitdrukte.

'Het waren duidelijk mensen met geld, zeer beschaafd en met goede manieren, rustige mensen die denk ik speciaal naar de hoofdstad waren gekomen voor het polokampioenschap op de velden van Palermo.'

Twee dagen na de overval beschouwden de autoriteiten de zaak als opgelost. Hoewel de eigenlijke daders nog op vrije voeten waren, had de politie zeven handlangers en tussenpersonen gearresteerd, onder wie een gemeentefunctionaris, een bekende tangozanger, de zoon en een neef van de voorzitter van de gemeenteraad van San Fernando en een onderofficier uit het leger die de wapens had geleverd. Dit was de epiloog van een ongehoorde gebeurtenis waarbij schijnbaar eerbare personen huurmoordenaars in de arm hadden genomen om een barbaarse daad te begaan.

In welingelichte kringen had men de indruk dat de politie ervan overtuigd was dat de Argentijnse delinquenten er al in geslaagd waren naar Uruguay over te steken.

'De voortvluchtigen (had commissaris Silva off the record gezegd) zijn gevaarlijke individuen, antisociaal, homoseksueel en verslaafd aan drugs', en de politiechef had daar nog aan toegevoegd: 'het zijn geen rechtse extremisten of peronisten uit het verzet, het zijn gewone misdadigers, psychopaten en moordenaars met een lijvig strafblad'.

'Hybris', de jongen die de politierubriek in *El Mundo* verzorgde zocht het op in het woordenboek: 'arrogantie van iemand die de goden tart en zijn eigen ondergang zoekt'. Hij besloot te vragen of hij dit als titel boven het artikel mocht zetten en begon te schrijven.

Degene die de bewakers in koelen bloede heeft doodgeschoten is Franco Brignone, alias el Nene, alias de Engel, oudste zoon van een gefortuneerd bouwondernemer, woonachtig in de chique wijk Belgrano. Hij begon zijn criminele leven in 1961, op zestienjarige leeftijd, toen hij op het Saint George College zat en gearresteerd werd voor een roofoverval die was uitgelopen op moord. Hij was de lieveling van zijn vader, een gerespecteerd zakenman, en kreeg in alles zijn zin, zodat hij op het laatst zijn wil volledig oplegde aan zijn vader en zijn jongere broers en zusters. Op een avond nam hij zijn vaders auto om een paar vrienden op te pikken die hij had leren kennen op de voetbalclub Excursionistas en die gevraagd hadden of hij samen met hen ergens een muziekinstallatie wilde ophalen. Brignone had een hele tijd achter het stuur van de stilstaande auto zitten wachten tot zijn vrienden eindelijk terugkwamen, zonder installatie. Zijn kornuiten hadden hem uitgelegd dat ze ruzie met de eigenaar van de installatie hadden gekregen, omdat hij weigerde deze uit te lenen. De volgende ochtend las de minderjarige jongen in de krant dat er in dat huis een man was vermoord bij een roofoverval. Doodgeslagen met een koevoet die altijd onder de stoel in zijn vaders auto lag. De jongen belandde voor het eerst in de gevangenis. Toen zijn vader het bericht hoorde was hij zo geschokt, dat hij aan een hartstilstand overleed. De rechter zei tegen de jongen dat hij weliswaar slechts voor medeplichtigheid werd gestraft, maar dat hij het verdiende te worden veroordeeld wegens vadermoord.

Toen hij weer vrijkwam ging hij, ondanks het geld dat zijn vader had nagelaten, onder invloed van contacten die hij in de gevangenis had opgedaan en tot wanhoop van zijn moeder en broers en zusters, die eerbare, fatsoenlijke burgers waren, het criminele pad op.

In de bak (vertelde hij soms) heb ik geleerd hoe het leven in elkaar zit: je zit daar en wordt getreiterd, en dan leer je wel te liegen, je gal in te slikken. In de gevangenis ben ik een dief en een peronist geworden, ben ik gaan hoereren, aan de drugs geraakt, aan het gokken geslagen, heb ik vuile trucs bij het vechten geleerd, om met een kopstoot de neus te breken van kerels die je de hersens inslaan als je naar ze kijkt op een manier die ze niet aanstaat, ik heb er geleerd hoe ik een joint tussen mijn ballen moet verbergen of zakjes met dope in mijn reet moet verstoppen, ik heb alle geschiedenisboeken uit de bibliotheek gelezen omdat ik niet wist wat ik anders moest doen, je kunt me vragen wie welke slag in welk jaar gewonnen heeft en ik kan het je vertellen, omdat je in de gevangenis geen moer te doen hebt ga je maar lezen, je kijkt naar de lucht, ergert je aan het lawaai dat die proleten daar maken, je wordt razend, zuigt de woede als het ware in je op, je hoort die lolbroeken steeds dezelfde stomme grappen vertellen, je denkt dat het donderdag is en het is pas maandagmiddag; ik heb er leren schaken, riemen van het zilverpapier uit sigarettenpakjes leren maken, ik heb geleerd mijn vriendin tijdens het bezoekuur staande in een hoekje van de binnenplaats te neuken, in een soort tentje gemaakt van een laken, de andere gevangenen helpen je, want zij zijn ook met hun vrouw en kinderen en moeten zich ook verbergen om een wip te kunnen maken, die wijven zijn ijzersterk, ze doen hun slip naar beneden en gaan op je zitten terwijl die eikels zitten te gluren, te genieten, je uitlachen om hoe stom en geil je bent, volwassen kerels die niet kunnen neuken, want daarom sluiten ze je op, zodat je niet kunt naaien, daarom word je razend, ze houden je in een ijskast, ze stoppen je in een kooi vol mannen die niet mogen neuken, je wilt seks maar ze treiteren je, of erger nog, ze maken dat je je een bedelaar, een prutser voelt, en op het laatst ga je in jezelf praten, begin je visioenen te zien. (En de Gaucho liet hem praten, gaf hem gelijk, pakte soms zelfs zijn hand als ze met zijn tweeën in het duister lagen te roken, ergens in een hotelkamer in een dorpje in de provincie, zich schuilhoudend, op hun hoede, de tweeling hand in hand, op de vlucht voor de politie, hun pistool in een handdoek gewikkeld op de grond naast het bed, de auto verborgen tussen de bomen, even een korte pauze, proberen wat slaap te krijgen en tot rust te komen, om ten minste één nacht niet door te hoeven jakkeren, in een bed te kunnen slapen). En el Nene ratelde maar door, hier had hij geleerd de woede te voelen van die slappelingen die hem treiterden, woede zomaar, omdat hij jong was, omdat hij knap was, omdat hij een grotere pik had dan zij (beweerde el Nene). Ik leerde mijn haat in te houden, dat vreselijke gif dat brandt als een soort vuur, haat is wat je in leven houdt, je ligt de hele nacht wakker in die kooi en je staart naar het trillende gele peertje aan het plafond, dat vierentwintig uur per dag brandt om je in de gaten te kunnen houden, om je te dwingen je handen boven de dekens te houden en niet te masturberen, er loopt zo'n bewakertje langs en hij kijkt door het kijkgat en ziet je daar wakker liggen en nadenken. Je leert vooral nadenken als je in de bajes zit, een gevangene is per definitie iemand die de hele dag nadenkt. Weet je nog, Gaucho? Je leeft in je hoofd, je trekt je erin terug, in je kop verzin je een ander leven, in gedachten kom je en ga je, alsof je een eigen beeldscherm of televisie hebt, je stemt af op je eigen kanaal en projecteert het leven dat je zou kunnen leiden, waar of niet, maatje? Ze maken een rubber pop van je, je richt je naar binnen en gaat reizen, een beetje dope en ciao, je bent weg, neemt een taxi, stapt uit op de hoek bij je moeders huis, of je gaat de bar binnen op de kruising van Rivadavia en Medrano en kijkt door het raam naar de mensen die hun stoep staan te schrobben, dat soort suffe dingen. Ooit ben ik wel drie dagen lang bezig geweest met het bouwen van een huis, ik zweer het je, ik begon met de fundamenten en bouwde vanuit mijn geheugen verder, de verschillende verdiepingen, de muren, de trappen, het dak, de meubels. En als je het dan klaar hebt, leg je er een bom in en blaas je het op, je denkt de hele tijd dat die kerels je gek willen maken. Dat ze daarvoor zijn. En vroeg of laat maken ze je ook gek. Omdat je de hele tijd maar zit na te denken. Aan het eind van de dag had je zo veel ideeën en zo weinig beweging gehad, dat je je zo ongeveer voelde als van die kerels die, ik weet niet, een berg beklimmen en dan zes, zeven jaar of zo in een grot gaan zitten mediteren, heremieten heten die, van die types die aan God of aan de Heilige Maagd Maria denken, beloften doen en niet eten, die zijn net als iemand die in de bak zit, zo veel gedachten terwijl je in het echt zo weinig meemaakt dat je op het laatst alleen nog maar schedel bent, een bloempot met een plant, waar je gedachten doorheen kruipen als wormen door de mest. Als ik je zou vertellen wat ik allemaal wel niet gedacht heb in de lik, zou ik denk ik net zo lang door kunnen praten als ik vast heb gezeten. Ik dacht terug aan kleine meisjes van acht of tien met wie ik op school had gezeten en die ik zag opgroeien, steeds groter zag worden, aan het touwtjespringen tijdens de siësta, met hun witte sokjes, hun dunne benen, hun borstjes die vol begonnen te worden, en na een week in deze staat was ik het met ze aan het doen, ik liet ze niet te groot worden en deed het met ze achter de spoorbaan, er is daar een bosje met daarachter rietvelden en daar ontmaagde ik ze, ik legde ze op hun rug, tilde met beide handen hun kont op, een klein beetje maar, en stak mijn piemel erin, het duurde misschien een uurtje en dan had ik ze ontmaagd. Er was er ook een met wie ik, denk ik, in de derde klas van de middelbare school had gezeten en ik begon te fantaseren dat ik haar meenam naar het terreintje achter het spoor in Adrogué, waar de trein naar Burzaco de bocht om gaat, dat meisje wilde als maagd het huwelijk in omdat haar verloofde arts was, weet je, een rijke gozer, en dus heb ik haar van achteren genomen en tegen haar gezegd, je man zal er niets van merken, je bent nog maagd, nog helemaal gaaf, en daar lag ze op haar buik in het veld, met mijn paal diep in haar kont, een meisje van misschien vijftien, geil als boter en doodkalm, omdat ze als maagd het huwelijk in zou gaan. Soms fantaseerde ik dat er een vrouw in het raam van mijn cel zat en dan begon ik haar clitoris te likken, dat kon iedere meid zijn, zelfs mijn zusje. Maar vrouwen waren niet het grootste probleem, want vrouwen kun je min of meer voor je zien, je kunt ze je voor de geest halen, het ergste is dat je opgesloten zit en niet leeft, het is alsof je dood bent en moet doen wat zij willen, en aan dat lege leven ga je op den duur kapot, je raakt boorde-vol haat, boordevol woede. Daarom wordt iedereen die in de gevangenis belandt een vaste klant, je gaat erin en eruit, erin en eruit, en dat komt doordat je volgepompt zit met gif. El Nene had gezworen dat hij nooit meer in de gevangenis zou belanden, dat ze hem in zijn slaap zouden moeten overmeesteren, en zelfs dan zouden ze hem er niet in krijgen.

Nu was hij veilig, in die schuilplaats in het centrum van Montevideo, maar ook hier had hij geen rust, ook hier voelde hij zich opgesloten. Ze moesten wachten, altijd maar wachten, hij keek naar Malito en naar Mereles en naar de twee Uruguayanen die hun onder-dak boden, urenlang waren ze aan het pokeren maar hij werd gek van de stilte, van het opgesloten zitten, hij wilde naar buiten, frisse lucht inademen. De Gaucho bracht de uren slapend door, die had ergens een bron gevonden, opium of morfine, geen idee, die wist altijd wel in een apotheek in te breken of een dealer te vinden die hem pillen, druppels of poeders bracht, hij leefde op een wolk, die eerste dagen in Montevideo, languit liggend op bed en afgestemd (zoals Mereles het noemde) op de stemmen van zijn gekte.

El Nene Brignone kon daarentegen niet rustig afwachten, hij had voorgevoelens, had behoefte aan frisse lucht en dus ging hij zodra het donker werd een ommetje maken. Hij was van mening dat als de politie hen op het spoor was het niet uitmaakte wat ze deden, en dat als de politie hen niet op het spoor was de kans dat ze gevonden zouden worden gering was. Malito liet hem zijn gang gaan. Ze hadden allemaal iets fatalistisch gekregen en niemand had enig idee van de onverwachte wending die de gebeurtenissen spoedig zouden nemen. Mensen die onder druk leven, in een extreem gevaarlijke situatie verkeren, die achtervolgd of opgejaagd worden, weten dat toeval belangrijker is dan moed als het erom gaat de strijd te overleven. Maar dit was geen strijd, het was eerder een complexe beweging van vertragende manoeuvres, van uitstel en wachten. Ze hoopten dat de storm zou gaan liggen en dat Nando een contactpersoon zou sturen die hen over land naar Brazilië zou brengen.

El Nene begon door de oude stad te struinen, door de Calle Sarandí en de Calle Colón. Hij hield van Montevideo, van die rustige stad met lage huizen. Hij had genoeg van het wachten en dus ging hij tegen het vallen van de avond op jacht. De Gaucho keek hem na en wist waar hij heen ging, maar hij vroeg niets, zei niets. Hij had een soort hol gemaakt, op een verhoging onder de trap, de Gaucho, en daar lag hij na te denken of motoren te tekenen die in de *Mecánica Popular* stonden. El Nene had hem een paar keer gevraagd om mee te gaan, maar de Gaucho wilde er niets van weten. 'Ik blijf hier, in mijn smerige hol,' zei hij grijnzend vanachter zijn Clipper-zonnebril, waarmee hij (althans dat dacht hij) leek op een vliegenier, op een man van de wereld die altijd in het halfduister leeft, met gedempt licht, alleen in zijn schuiloord. Dan zei el Nene hem gedag en ging naar buiten. En als hij de heuvel op liep en de scherpe geur van de haven hem tegemoetkwam, voelde hij de spanning van het avontuur over zich komen

Tussen de groep homo's en schandknapen die op de Plaza Zavala in Montevideo rondhangen, zitten ook altijd een paar losgeslagen meisjes. Ze zijn nog heel jong en over het algemeen te hard voor hun leeftijd. Ze weten alles af van de jongens met wie ze het doen en met wie ze soms samenleven: dat die jongens op zoek gaan naar andere mannen en deze soms betalen of laten betalen. En hoewel ze dat weten, kan het hun niet schelen. Soms gaat een van de meisjes met zo'n knaap naar het park en dan blijven ze daar samen zitten totdat hij een klant oppikt, waarna ze volgens een stilzwijgende afspraak uit elkaar gaan: de jongen gaat met de klant mee, het meisje gaat in het café op de hoek op hem zitten wachten.

Een van die meisjes wekte el Nene's nieuwsgierigheid. Zij sprong het meest in het oog: ze was een jaar of negentien en had lang zwart haar en hypnotiserende ogen. Ze bekeek de mannen met een soort glimlach die haar iets nadenkends gaf, alsof de wereld, hoe triest en corrupt ook, haar amuseerde en vervulde met levenslust. Er was iets merkwaardigs aan dat meisje, alsof ze er niet helemaal bij was, alles vanuit de verte bekeek.

Net buiten het park had de politie een jeugdige travestiet opgepakt, met een zwaar opgemaakt gezicht en een blonde pruik. Het meisje begon te lachen en zei: 'Weer een koningin van de nacht die gepakt wordt omdat ze zich niet aan de verkeersregels houdt.'

El Nene stond op van zijn stoel en ging naast het meisje zitten, en een tijdje zaten ze ongedwongen te praten. Toen verlieten ze het café, liepen het park in en gingen zitten op een bank tegenover een oude man die achter een lessenaar, met een megafoon voor zijn mond, uit de Bijbel stond te preken.

'Het woord van Christus is in ons allen, broeders en zusters.'

Hij sprak alsof hij alleen was, de oude man. En hij zegende de mensheid door met zijn hand kruistekens in de lucht te maken. Hij droeg een donkere pandjesjas en zag er eerbiedwaardig uit, een beetje een gestoorde priester misschien of een ex-alcoholicus, een deserteur uit het Leger des Heils, een tot inkeer gekomen zondaar.

'Tweemaal werd Jezus verloochend en tweemaal werd de verrader gestraft.'

De stem van de oude man die daar stond te preken ging op in het geruis van de wind door de bomen. Voor het eerst in maanden voelde el Nene zich prettig en op zijn gemak. (Misschien wel voor het eerst sinds hij zich met de bende van Malito had ingelaten voelde hij zich veilig.) Hij zat daar in het park met het meisje en vond het leuk met haar gezien te worden door sommigen van de mannen die de avond daarvoor of nog een avond daarvoor zijn klant waren geweest, in de toiletten van bioscoop Rex.

Totdat ze hem lachend aankeek en tot zijn verrassing zei: 'Je hebt iets wat ik niet kan plaatsen. Ik heb je in de bioscoop gezien en ik heb je ze hier zien opgeilen en je lijkt op de rest maar je bent toch anders, er is nog iets anders. Je bent mannelijker …'

Het meisje zei eerlijk en openhartig wat ze dacht. El Nene was zo gewend aan veinzen en door anderen voorgelogen worden, dat hij nerveus en bang werd. Hij hield er niet van als vrouwen hem confronteerden met de feiten en zeiden dat hij een hoer was.

'Ik denk dat je een beetje in de war bent, meisje. Je kletst te veel, je kletst als een Uruguayaanse kip zonder kop. Of zit je bij de politie? Hé, zit je soms bij de politie?' Nu begon el Nene te lachen. 'Ben jij soms de vrouwelijke agent van de wijkbrigade?'

Ze streelde zijn gezicht en trok hem tegen zich aan. 'Rustig maar. Kom, wat zeg je nou toch, ssst … Ik bedoelde alleen maar dat ik je al in de gaten heb gehouden vanaf het moment dat je hier bent gekomen, vrijdag, in dat fluwelen jasje van je. Ze pakte zijn arm en voelde de elektrische schok van de zachte stof in haar handpalm. 'En ik zie dat je je wel maar toch ook weer niet bent als de anderen en dat je met niemand praat. En dat je een Argentijn bent. Je komt toch uit Buenos Aires?' Hij kwam uit Buenos Aires en woonde in Buenos Aires, en hij was in Montevideo voor zaken, verkocht smokkelwaar, textiel. Wat voor verhaal dan ook, als het maar geloofwaardig was en tot de volgende ochtend standhield. Alle Argentijnen die in Montevideo rondliepen waren smokkelaar. Ze begon te lachen, waardoor ze nog jonger leek, en kuste hem op de mond. Toen begon ze (zoals el Nene al gevreesd had) haar eigen verhaal te vertellen of te verzinnen (ook zij).

Ze werkte als animeermeisje in een nachtclub en kwam van de overkant van de Río Negro. Ze wilde geld sparen en dan ergens voor zichzelf beginnen, in een ander deel van de stad, in de buurt van de markt misschien, waar de nette tenten waren, waar je geen homo's had en ook geen hoerenjongens of goedkope negers die uit de sloppen van el Cerro kwamen. Ze hield van Argentijnen, omdat die zo beschaafd waren en omdat ze anders praatten. Zij had op haar beurt een behoorlijk ouderwetse manier van praten, omdat ze uit het binnenland kwam en omdat ze alles zei wat in haar opkwam. Ze was oprecht. Ze leek althans oprecht, maar ook wel ook een beetje aanstellerig, als een dame uit een andere tijd (of ze deed zoals ze dacht dat zo'n dame zich gedroeg). Kon hij zich de uitgedoste personen niet herinneren die zij als kind had gezien op de plaatjes in het tijdschrift *Billiken*? Zij wist het allemaal nog precies: 'De leeuw van Frankrijk', 'De vrouw uit Holland', 'De oude dame'. Het meisje was een simpel plattelandsmeisje, maar ze straalde een soort grootsheid uit, iets oorspronkelijks en theatraals tegelijk, en dat vond hij mooi. Ze was een zusje en tegelijk een gevallen vrouw. Hij had altijd al een zusje willen hebben, een mooie jonge vrouw die hij kon vertrouwen en die hij wel ver van zijn lichaam móést houden. Een knappe vrouw van zijn leeftijd met wie hij kon pronken, zonder dat iemand wist dat het zijn zusje was. Zo voelde hij het en na een tijdje vertelde hij haar dat.

'Je zusje, je zou willen dat ik je zusje was?' Het meisje begon verbaasd te lachen en el Nene vroeg gepikeerd: 'Vind je dat zo raar?'

Zoals alle kerels die in hun contacten met andere mannen de mannenrol spelen (verklaarde het meisje later), was el Nene overgevoelig wat zijn mannelijkheid betrof.

El Nene had er genoeg van om met flikkers om te gaan. Die behoefte kwam bij vlagen, maar op dat moment wilde hij niet dat een van die kerels die op het plein rondhingen hem zag. Hij had ze toevallig leren kennen, het waren vluchtige contacten, op toiletten waar het rook naar desinfecteermiddel en de muren volgekalkt waren met perverse handelingen en liefdesverklaringen. Er stonden namen geschreven alsof het godennamen waren, er waren liefdevolle maar slecht getekende harten, gigantische fallussen als heilige vogels op de muren van de urinoirs op de stations, op de stoelen in bioscoop El Hindú en in de garderobes van de clubs. Ineens voelde hij dan de behoefte om zichzelf te vernederen, het was als een ziekte, als een goddelijke ingeving, een ruis in zijn hart, iets wat niet tegen te houden was. Dezelfde onweerstaanbare, blinde kracht die iemand ertoe aanzet een kerk binnen te lopen en te gaan biechten. Hij ging voor die onbekende mannen op zijn knieën zitten, knielde voor hen (zou je beter kunnen zeggen, had hij gezegd, naar het meisje later vertelde) alsof het goden waren, terwijl hij zich er voortdurend van bewust was dat bij iedere blik die ook maar een beetje verkeerd was, bij de kleinste aanzet tot een glimlach, tot een grap, hij in staat was hen te vermoorden. Eén verkeerd gebaar, één woord te veel en ze zouden sterven met een van angst en verbazing vertrokken gezicht en een mes in hun buik. Zij, die als koningen naakt voor hem stonden, wisten niet wie hij was, hadden geen idee, geen flauw vermoeden van het risico dat ze liepen. Hij was machtig, el Nene, maar zat geknield op de grond, misselijk door de geur van desinfecteermiddel, terwijl een onbekende tegen hem praatte en hem betaalde. Of was hij degene die betaald had? Hij kon zich nooit precies herinneren wat hij gedaan had, niet de avond tevoren en ook niet de avond daarvoor, op zijn escapades langs de bars aan de haven en bij zijn scharrels in de duisternis van bioscoop El Hindú. Hij herinnerde zich alleen nog de onweerstaanbare kracht waardoor hij móést opstaan en naar buiten móést gaan, het was een soort euforie waardoor hij niet meer kon nadenken en die hem uiteindelijk (had hij tegen het meisje gezegd, naar ze later verklaarde) helemaal zonder gedachten liet, leeg en vrij, met maar één idee voor ogen. Het is alsof je iets zoekt wat je bent kwijtgeraakt en wat je ineens in een fel licht midden op straat ziet liggen. Er valt niet tegen te vechten. Totdat hij weer een beetje gedesoriënteerd, alsof hij net gedroomd had, terugkeerde naar de flat waar Malito op hem zat te wachten en waar ze allemaal zaten te wachten totdat Nando hen zou helpen naar Brazilië te gaan. En altijd als hij terugkwam hulde de Gaucho zich in een hardnekkig zwijgen, kalm en misschien wel woedend, opgesloten in wat hij zijn 'smerige hol' noemde, op een verhoging onder de trap. Maar dat vertelde zij niet (dat vertelde de Gaucho), want het meisje dacht dat el Nene een zwarthandelaar was die Engelse kasjmier vanuit Colonia naar Buenos Aires bracht, die van kleine smokkelarij leefde en zijn verborgen kanten had, zoals alle mannen met wie het meisje te maken had gehad sinds haar aankomst in de stad.

Maar el Nene voelde zich bij dit meisje veilig en goed (en dat zei hij ook tegen haar), er was geen gevaar zolang hij bij haar was, hij hoefde alleen maar met die vrouw mee te gaan en gewoon een tijdje bij haar te zijn, ver van de Blonde Gaucho, zijn tweelingbroer, ver van de Kraai, even maar, als een normaal mens.

Het lot was inmiddels echter begonnen zijn plot te smeden, zijn intrige te weven, de losse einden (en dit waren de woorden van de jongen die de politierubriek in *El Mundo* verzorgde) aan elkaar te knopen van dat wat de Oude Grieken *mythos* noemden.

'Ik heb een kamer hier vlakbij. Die mag ik gebruiken van een paar kerels uit de club,' zei ze, 'ze zijn er zelf nooit.'

De woning bestond uit twee slaapkamers en een zitkamer en het was er een complete chaos: stapels vuile borden in de keuken, etensresten en matéblaadjes op de vloer, de kleren van het meisje die uit een geopende koffer puilden. Er stonden twee bedden in een van de slaapkamers, verder waren er nog een bank en een matras op een brede plank op de vloer.

'Er komt een vrouw schoonmaken, maar alleen op maandag.'

'Wie gebruikt deze woning? Wat een armzalige bedoening,' zei el Nene.

'Hij is van vrienden uit de club, wat ik zei, waar ik werk. Ik mag hem door de week gebruiken en op zaterdag ga ik terug naar het pension.'

El Nene liep een rondje door het huis, keek uit de ramen die uitkwamen op een luchtkoker en keek de gang in die uitkwam op het trappenhuis.

'En wat is er boven?'

'Nog een appartement en een plat dak.' Ze zocht iets achter het bed en had even later een 45-toerenplaat in haar hand. 'Misschien hou je van The Head and Body …'

'Je lijkt wel telepathisch ... Natuurlijk, ik vind ze beter dan de Rolling …'

'Ja,' zei ze. 'Ze zijn super, echt hartstikke goed.'

'Als kind was ik helderziend,' zei el Nene lachend. 'Maar toen heb ik iets gehad en ben ik die gave kwijtgeraakt.'

Ze keek hem geamuseerd aan, ervan overtuigd dat de jongen haar in de maling nam.

'Een ongeluk?'

'Dat niet, maar een paar vrienden die bij mij in de auto zaten begonnen stennis te maken. We waren allemaal bezopen, ik dronk in die tijd gin, ik … ik belandde in de gevangenis. En daarna was ik de gave die ik als jongetje had kwijt.'

'Drinken is niet goed, geef mij maar hasj,' zei het meisje, en ze ging tegen de muur zitten en begon een joint te draaien. Ze zag eruit als een hippie, dat zag el Nene nu pas, een Uruguayaans hippiemeisje in lange gewaden en met vlechtjes, dat ook nog eens in een bar werkte, het kon toch niet waar zijn.

'Als kind zag ik bijvoorbeeld mijn oom Federico, die al twee jaar dood was, en dan praatte ik met hem.'

Ze keek hem ernstig en aandachtig aan, terwijl ze met voorzichtige gebaren de sigaret rolde. Hij vertelde haar het verhaal toen ze begonnen te roken, want het was alsof hij over een tijd van zijn leven praatte die hij verloren had. Hij praatte nooit met iemand over zijn jeugd, over de tijd voor de dode tijd waarin hij voortdurend in de gevangenis belandde.

'Mijn oom Federico was een fantastische man. Hij is twee of drie keer failliet gegaan en kwam er toch altijd weer bovenop. Een mooie kerel, gek op paardenrennen. Hij woonde in Tandil, ik ging hem vaak opzoeken en bleef daar dan slapen. Hij had een garage en assembleerde auto's van het merk Kaiser, het ging hem voor de wind, maar op een middag kreeg zijn zoon een elektrische schok toen hij aan het lassen was, een idioot ongeluk, een stukje kabel dat blootlag en kortsluiting veroorzaakte, en mijn oom zag de jongen voor zijn ogen sterven. Hij was niet snel genoeg, toen hij het snoer uit het stopcontact trok was Cholito al dood. Vanaf dat moment liet mijn oom zich gaan, hij wilde niemand meer zien, lag de hele dag met de rolgordijnen dicht op zijn bed te roken en maté te drinken en te piekeren. Hij gooide de matéblaadjes gewoon op de kranten op de vloer en op het laatst lag er een hele berg, een soort groen eiland van droge blaadjes midden in de slaapkamer, en hij liet niemand binnen, niemand mocht het raam openzetten – vertelde el Nene, naar het meisje later verklaarde – en altijd zei hij dat hij de volgende dag zou opstaan. Op een middag ging ik bij hem langs en daar lag hij, op bed, met zijn gezicht naar de muur, zonder iets te doen. 'Hoe is het, Nene, wanneer ben je gekomen?' vroeg hij. Daarna zweeg hij een hele tijd. 'Ik heb niet zo'n zin om op te staan,' zei hij ten slotte. 'Doe me een lol en ga een pakje Particulares Fuertes voor me kopen.' Toen ik bij de deur was, riep hij me terug. 'Nene,' zei hij, 'koop maar twee pakjes, dan kan ik even vooruit.'

'Dat was de laatste keer dat ik oom Federico heb gezien,' zei el Nene, en hij nam een lange haal van de joint en voelde de scherpe rook, eerst in zijn keel en vervolgens diep in zijn longen, 'want de week daarop is hij gestorven en vanaf dat moment verscheen hij om de haverklap.' Hij begon te lachen, alsof hij een goede grap verteld had. Hij kon niet meer ophouden met lachen en het meisje begon met hem mee te lachen, terwijl hij haar de sigaret aanreikte. 'Dat was iets heel raars, omdat hij dood was en ik hem toch heel duidelijk voor me zag staan, ik wist dat hij dood was maar dat scheen niets uit te maken. Ik was in die tijd ongeveer even oud als mijn neefje Cholito toen hij stierf, zestien, zeventien jaar, misschien dat hij daarom aan mij verscheen, alsof ik zijn zoon was. Hij kwam dan vlak bij me staan, op een afstandje als van hier tot aan de muur (als ik hem zag wist ik natuurlijk wel dat het een hallucinatie was, maar ik zag hem net zo scherp als ik jou nu zie), hij stond daar een sigaret te roken maar zei niets. Hij glimlachte alleen maar. Hoewel ik tegen hem praatte kon hij me niet horen, hij bleef daar gewoon staan roken, een beetje gebogen, terwijl de as elk moment van zijn siga- ret kon vallen, en hij glimlachte.' Toen hij besefte wat hij het meisje verteld had, begon hij ineens te lachen, el Nene. 'Hij was een geest ... en hij verscheen aan mij. Ik vertel dat nooit iemand, maar het is wel waar.'

'Dat weet ik,' zei ze en ze gaf hem de sigaret terug. 'Dat bedoelde ik toen ik zei dat je iets hebt wat ik niet kan plaatsen. Ik bedoel dat het lijkt alsof jij hier bent maar jouw geest ergens anders is ...' Door de hasj, want misschien was het toch hasj en geen marihuana, sprak ze langzaam, alsof ze elk woord zorgvuldig koos. 'Wat doe je aan deze kant van de rivier?'

'Ik ben op doorreis naar Mexico ... Ik heb een vrien- din in Guanajuato ... Arme meid ...' zei hij zonder goed te weten over wie hij het had. Had hij aan het Uruguayaanse meisje gedacht of aan zijn vriend, la Reina, die in Guanajuato was gaan wonen omdat het leven in de stad hem niet meer beviel? Hij had ook aan zijn moeder gedacht, het arme mens, die er inmiddels wel van op de hoogte zou zijn dat de politie over de hele wereld naar hem op zoek was. 'Mijn moeder,' zei hij, 'wilde dat ik bouwkunde ging studeren. Ze wilde een zoon hebben die huizen bouwde, omdat mijn vader een aannemingsbedrijf had.'

Roken maakte hem melancholiek, altijd hetzelfde liedje, het maakte hem droevig en ontspannen tegelijk, hij voelde zich dan loom en helder.

'Ik ben ook op doorreis ... ik ben van huis weggelopen. Wacht, dat zou ik bijna vergeten,' zei het meisje, en eerst reikte ze hem de gloeiende peuk aan die ze met een epileertangetje vasthield en toen begon ze onder het bed iets te zoeken.

Ze haalde er een Winco-platenspeler onder vandaan en legde de plaat erop. Er stonden twee nummers van The Head and Body op (het waren *Parallel Lives* en *Brave Captain*, en ze draaide die plaat nu al maanden aan één stuk door, eerst de ene kant en dan de andere, zo vaak dat er krassen op waren gekomen).

'Zal ik hem opzetten?'

'Ja, natuurlijk ...' zei el Nene.

'Dit is de enige plaat die ik heb,' zei het meisje.

Parallel Lives begon keihard door de kamer te schallen en zij bewogen hun lichamen op de maat van de muziek en rookten het laatste eindje van de joint, tot ze hun lippen eraan brandden. Je hoorde het geluid van de naald van het goedkope apparaat, maar de muziek swingde er niet minder om en ze begonnen allebei in het Engels mee te zingen.

I spent all my money in a Mexican whorehouse
Across the street from a Catholic church.
And if I can find a book of matches
I' goin' to burn this hotel down ...

Toen de plaat was afgelopen, ging el Nene naast haar op het onopgemaakte bed liggen, pakte haar hand (die heel koud was) en drukte die met een vreemd gevoel van verlorenheid tegen zich aan. Toen sloot hij zijn ogen.

'Nene,' zei ze, en nu sprak ze op een beetje verwarde maar emotionele toon, alsof ze iets heel belangrijks en waars ging zeggen. 'Ik ken de scene heel goed. Je moet doen alsof je overal lak aan hebt en meedoen met die kerels die echt overal lak aan hebben, anders ga je er zelf aan onderdoor ...'

Hij keek haar aan, denkend dat ze nog meer zou gaan zeggen, maar ze steunde op haar elleboog en kuste hem na een lange pauze op zijn mond. Het meisje had een verwarde, hartstochtelijke manier van praten die hij leuk vond, alsof ze serieuzer of intellectueler wilde lijken en woorden gebruikte die ze niet helemaal begreep.

'Je zoekt iets wat je niet kent en dan word je wanhopig,' zei ze en begon toen het andere liedje (*Brave Captain*) van The Head and Body te neuriën, dat als een hardere en ruigere versie van het leven dat zij leidden door de kamer schalde.

'*You got to tell me brave captain*,' zong ze. '*Why are the wicked so strong.*'

'Trek je bloes uit.'

Toen el Nene haar begon uit te kleden, kwam ze snel overeind en voelde ze zich plotseling gekwetst.

'Jullie zeggen altijd allemaal dat jullie echte mannen zijn en om dat te bewijzen doen jullie het met vrouwen, en als jullie het met elkaar doen beweren jullie dat het alleen maar voor het geld is. Waarom kap je er niet mee als je het echt zat bent en vlucht je niet naar je eigen wereld ... Stop er gewoon mee. Ga werk zoeken.'

'Ik werk de hele tijd en ik heb geen zin in dit soort gelul,' ging hij in de verdediging.

'Maar je gaat toch altijd weer terug, hè? Val je op mannen?'

Ze was eerlijk en direct. Hij knikte ernstig.

'Ja ...'

'Sinds wanneer?'

'Geen idee. Wat doet het ertoe?'

Ze sloeg haar armen om hem heen en bijna zonder het zelf te beseffen begon hij weer te praten, alsof hij alleen was. Het meisje begon nu hasj fijn te stampen in een klein pijpje met een lange rieten steel en een ronde kop, waar het spul in knetterde en brandde.

Het was een soort ziekte, als een zwerver ging hij 's avonds de straat op om vernedering en genot te zoeken.

'Ik verveel me,' zei el Nene. 'Verveel jij je niet? Ik val op mannen, dat komt bij vlagen, als ik een hele tijd niet ben uitgegaan begin ik me te vervelen. Ik ben getrouwd en mijn vrouw is onderwijzeres, we wonen in een huis in Liniers, ik heb twee kinderen.' Liegen maakte het praten makkelijker en hij zag het gezicht van het meisje verlicht door het vlammetje in de pijp en voelde even later de warmte van de pijp in zijn hand en de rook die in zijn longen drong, en hij voelde zich bijna gelukkig. 'Maar ik heb niets met het gezinsleven. Mijn vrouw is een engel, mijn kinderen zijn krengen. Ik kan alleen maar goed opschieten met mijn broer, ik heb een tweelingbroer. Heb ik je al over hem verteld? Ze noemen hem de Gaucho, omdat hij heel lang op het platteland heeft gewoond, in Dolores ... Hij heeft psychische problemen, hij is heel erg zwijgzaam en hoort stemmen die tegen hem praten. Ik zorg voor hem en ik hou meer van hem dan van mijn vrouw en mijn kinderen. Is daar iets verkeerds aan? Het leven – het kostte hem moeite zijn gedachten op een rijtje te zetten – het leven is als een goederentrein, heb je weleens 's nachts een goederentrein zien rijden? Daar komt geen eind aan, die lijkt nooit op te houden, maar uiteindelijk zie je toch het rode lichtje van de laatste wagon in de verte verdwijnen.'

'Ja, inderdaad,' zei ze. 'Goederentreinen die 's nachts het land doorkruisen. Wil je nog wat?' vroeg ze. 'Ik heb nog. Goed spul, hè? Het komt uit Brazilië. Als kind zag ik in mijn dorp de treinen voorbijrijden en er zat altijd wel een zwerver bovenop, ik kom van de overkant van de Río Negro, de treinen kwamen uit het zuiden en reden naar Rio Grande do Sul.'

Een tijdlang bleven ze zwijgend naast elkaar liggen. Om de haverklap hoorden ze een trein voorbijrijden en el Nene begreep dat hij door dat geluid had moeten denken aan de goederentreinen die door Belgrano reden, toen hij nog een kleine jongen was. Het meisje begon zich uit te kleden. El Nene draaide zich naar haar toe en begon haar te kussen en haar borsten te strelen. Zij ging rechtop in bed zitten en had in een oogwenk al haar kleren uit. Ze had een witte huid, die lichtgevend leek in de duisternis van de kamer.

'Wacht,' zei ze toen hij bij haar naar binnen wilde gaan. Ze sprong naakt het bed uit, liep naar de badkamer en kwam terug met een kapotje. 'Je weet nooit waar jullie hem in hebben gehangen,' zei ze grof, alsof ze ineens iemand anders was, alsof het allemaal maar een spel was geweest en zij zich nu als hoer ging gedragen. Hij pakte haar polsen vast en hield haar met gespreide armen op het bed gedrukt, en terwijl hij haar hals kuste begon hij tegen haar te praten.

'En jij?' zei hij, terwijl hij haar nog steeds vasthield. 'Alle jongens van de Mercado hebben je genaaid … en wel meer dan één keer.' Hij had onmiddellijk spijt van wat hij gezegd had.

'Ik weet het.' Ze zuchtte bedroefd.

Toen omhelsden ze elkaar met een soort wanhoop en zei ze: 'Ik heb je nog niet gezegd wie ik ben. Ze noemen me Giselle, maar ik heet Margarita.' Ze zocht zijn lid en sloeg haar benen om hem heen. 'Langzaam,' zei ze en ze wees hem de weg. 'Kom dan.'

Ze stopten een paar keer om te roken en naar de plaat van The Head and Body te luisteren, en ten slotte liep ze naakt naar het raam en leunde met haar kont geheven voorover op het kozijn. Langzaam ging el Nene naar binnen, totdat hij de billen van het meisje tegen zijn buik voelde.

'Steek hem er dieper in,' zei ze en ze draaide haar gezicht naar hem om, om hem te kussen.

Hij drukte zijn gezicht tegen de achterkant van haar nek, het korte, ruwe haar, en weer draaide ze haar gezicht haar hem toe, met wijd open ogen, en vervolgens kreunde ze luid en begon traag en met zachte stem tegen hem te praten, zuchtend, alsof ze zich verontschuldigde.

'Je piemel komt onder de stront, je hele eikel onder de stront.'

El Nene voelde dat hij klaarkwam en liet zich achterovervallen.

Hij trok zich uit haar terug en veegde zich af met het laken. Toen ging hij op zijn rug liggen en stak een sigaret op. Het meisje streelde zijn borst en hij voelde dat hij na al die maanden van slapeloosheid voor het eerst weer in slaap viel.

Na die middag trof hij haar in de week daarop geregeld in het café van de Mercado en vandaar gingen ze samen naar het lege appartement. Zij draaide altijd die plaat van The Head and Body, altijd beide nummers, die ze inmiddels uit hun hoofd kenden, en dan rookten ze hasj en praatten met elkaar tot ze in slaap vielen. En hij begon haar geld te geven, wat zij als vanzelfsprekend aanvaardde.

Een tijdje daarvoor, maar niet lang daarvoor (zoals de kranten later schreven), was het donkere meisje vol illusies vanuit de provincie naar de hoofdstad gekomen. Ze kwam van de overkant van de Río Negro, maar toen ze opgroeide was het water dat onder de stuwdam door stroomde niet voldoende voor haar om zich te spiegelen. Ze kwam naar Montevideo met alle onschuld en hoop die de frisheid van haar jeugdige vrouwelijke schoonheid haar ingaf. In de stad raakte ze verstrikt in de glanzende draden van de nacht en van een nachtclub genaamd Bonanza, belandde daarna in een andere genaamd Sayonara en eindigde ten slotte in een club in het centrum die bekendstond als de Moulin Rouge, waar ze bevriend raakte met een man die haar als escortgirl in de hogere kringen introduceerde. Die vriend was een van de eigenaren van de nachtclub.

Dit was ook de club waar twee grootgrondbezitters uit het oosten des lands met de eigenaar overeenkwamen dat ze zijn appartement zouden onderhuren. Het was centraal gelegen, de huur was laag en de woning had alles wat nodig was voor een *garçonnière*. De vriendschap die door het vrijwel dagelijkse nachtelijke contact ontstond, leidde ook tot het verblijf van het donkere meisje in het appartement: een 'gunst' die de nieuwe huurders van de woning aan de eigenaar van de nachtclub verleenden.

Zoals dat nu eenmaal gaat, werd het geheel steeds onduidelijker en kwamen er steeds meer sleutels van het appartement in omloop, die telkens nieuwe gebruikers toegang verschaften. De avond tevoren had een van de obers van de club er bijvoorbeeld nog overnacht en er zijn papieren, wat persoonlijke bezittingen en kleren achtergelaten. Kortom, het appartement in de Calle Julio Herrera bood de vaste bezoekers van het bleke nachtleven de gelegenheid voor hun vluchtige ontmoetingen. Het was dan ook geen wonder dat in deze samenloop van omstandigheden, in deze veelheid van echte en ogenschijnlijke eigenaren, de verklaring gezocht moest worden voor de vergissing die de Argentijnen maakten door daar hun intrek te nemen. Want zoals men weet: in het schaarse nachtclublicht komen merkwaardige vriendschappen tot stand die niet tegen het daglicht bestand blijken te zijn.

5

Señorita Lucía zag twee mannen de nummerplaat verwisselen van een Studebaker die dicht bij de hoek
geparkeerd stond en dat vond ze vreemd. Een van de
mannen had een schroevendraaier of misschien wel
een mes, dat kon ze van die afstand niet goed zien, en
hij zat op zijn hurken de schroeven los te draaien, terwijl de ander, een grote blonde kerel met een verband
om zijn nek, de tweede plaat vasthield. De vrouw sliep
in een ruimte achter de bakkerij en die ochtend was ze
bij het krieken van de dag wakker geworden. Ze maakte de deur van de winkel open en moest het licht aan-
doen omdat het nog donker was. Terwijl ze haar maté
stond te drinken, keek ze door de winkelruit naar de
gestalten van de twee mannen die gehurkt naast de
auto vrolijk grapjes zaten te maken. Dat dacht Lucía
althans, want ze leken geen moeite te doen om zich stil
te houden en ook niet bang te zijn om betrapt te worden. Ze hadden eerder de houding van iemand die een
lekke band verwisselt.

Lucía was een scherp waarneemster, door haar werk
in de bakkerij had ze een speciaal observatievermogen
ontwikkeld, een soort zesde zintuig (zo zei ze), want ze
hoefde een klant maar één keer gezien te hebben om
hem dagen later midden in de stad nog te kunnen herkennen. Maar er was geen speciaal vermogen voor
nodig om te begrijpen wat die mannen daar op de hoek

met de nummerplaten van de Studebaker aan het doen waren. In die wijk van Montevideo kende iedereen elkaar en er gebeurde bijna nooit iets nieuws of raars. Sinds zij aan het hoofd van de zaak stond, was er alleen een keer een man op het trottoir onwel geworden en daar ter plekke aan een hartaanval overleden. Hij had daar languit happend naar adem gelegen, terwijl hij met een witte zakdoek zijn gezicht probeerde te bedekken. Toen Lucía bij de man arriveerde was hij al dood en ze was in haar eentje voor de winkel bij het lijk blijven zitten totdat de eigenaar van de apotheek op de hoek was gekomen en een ambulance had gebeld.

Deze keer lagen de zaken anders en had ze de kans om in te grijpen voor het te laat was. Dus pakte ze de telefoon van de haak maar aarzelde toch even, want ze hield er niet van zich met andermans leven te bemoeien. Toen voelde ze echter een vreemde emotie, alsof ze iets belangrijks in handen had, en belde de politie. Meteen daarna deed ze het licht in de winkel uit en bleef staan kijken.

Weer voelde ze wat zijzelf 'de verleiding van het kwaad' noemde, de aandrang om soms kwaad te willen doen of te willen zien hoe iemand een ander kwaad doet, en tegen deze verleiding vocht ze al sinds haar jeugd. Toen die man die hartaanval had gekregen, had zij bijvoorbeeld heel rustig staan kijken hoe hij stierf, en nog steeds dacht ze dat de man met die zakdoek over zijn gezicht gered had kunnen worden als zij in actie was gekomen, zich niet door haar nieuwsgierigheid had laten verlammen terwijl die meneer daar met een asgrauw gezicht, happend naar adem, op de trottoirtegels lag te stuiptrekken. Nu kwam ze echter bijna zonder aarzeling in actie en nadat ze de politie had gewaarschuwd, bleef ze staan wachten. Het leek een simpele autodiefstal en ze had geen flauw vermoeden van wat ze even later te zien zou krijgen.

Door de glazen ruit van de bakkerij in deze rustige wijk van Montevideo kon je de hele straat overzien. 'Beter dan in de bioscoop,' verklaarde señorita Lucía Passero later.

Zo begon op woensdag 4 november 1965 in Uruguay een ware orgie van bloed (aldus de kranten) toen iemand vanuit de bakkerij in de Calle Enriqueta Comte y Riqué, bij de hoek met de Calle Marmarajá, zag dat er aan de overkant van de straat een rode Studebaker stond waarin twee mannen rustig zaten te roken.

Enkele momenten later verscheen er een tweede voertuig – een zwarte Hillman – waaruit nog twee onbekende mannen stapten, die de andere twee een pakket overhandigden. De mannen reden weer weg in de Hillman en parkeerden de auto om de hoek van de straat. Toen zag de persoon in de bakkerij dat de twee inzittenden uit de Studebaker stapten en de nummerplaten begonnen te verwisselen met platen die uit het pakket kwamen dat ze net hadden gekregen.

Er verschenen twee politieagenten om de hoek van de straat en zij liepen naar de geparkeerde auto toe. De Kraai Mereles was de eerste die hen in de achteruitkijkspiegel zag.

'De kit,' zei hij.

Hij opende het portier van de auto en ging leunend tegen het spatbord rustig een sigaret staan roken terwijl de twee agenten naderbij kwamen. De ene was een neger of liever gezegd een mulat, met een platte neus en kroeshaar, de andere een dikke agent die eruitzag als iedere andere dikke agent in de stad. Er waren er een heleboel die hun gewicht niet in de hand hielden en buiten adem raakten als ze moesten rennen, die alleen nog deugden om met hun knuppels in te slaan op zakkenrollers die gevallen waren en weerloos op de grond lagen of deze met het volle gewicht van hun enorme lijven in de nieren te trappen. Maar een neger, nee, een zwarte politieagent had de Kraai nog nooit gezien. Misschien had je die in Brazilië. Maar hij was nog nooit in Brazilië geweest. En natuurlijk in Noord-Amerika, zwarte agenten in Noord-Amerikaanse films die andere Noord-Amerikaanse negers in de straten van de Bronx vermoordden. Die zin zette zich als een deuntje in zijn hoofd vast terwijl hij de twee mannen dichterbij liet komen. Ze zouden naar zijn papieren vragen. Mereles glimlachte vriendelijk. De dikkerd liep voorop en de neger kwam daar twee stappen achteraan.

'Laat hem aan mij over,' zei Gaucho Dorda.

De dikke politieman salueerde met twee vingers tegen zijn pet en keek met een grimmig gezicht naar de mannen in de auto. De Gaucho haatte niets of niemand zo erg als de politie en voordat de man tijd had om adem te halen, had hij al een kogel in zijn borst. Hij viel op de grond maar was niet op slag dood, hij schreeuwde, probeerde dekking achter de stoeprand te zoeken. De andere agent, de neger, sprong weg achter de auto en begon ineengedoken te schieten.

'Cancela,' zei de neger, 'bel het hoofdbureau.'

Cancela had blijkbaar een walkietalkie, maar hij kon het ding niet gebruiken. Hij lag in de goot (Lucía kon hem duidelijk zien) met zijn borst rood van het bloed. Hij ademde met een verstikt gerochel en bracht zijn hand naar de wond, misschien in een poging het bloed te stelpen dat door zijn keel gutste.

Dorda stak zijn arm uit het raampje van de Studebaker en maakte Cancela af met een schot in zijn buik. Hij lachte.

'Verrek jij maar, vuile hond,' zei hij en hij richtte zijn wapen op de andere politieman, terwijl de Kraai de auto startte en gas gaf.

Maar de neger was dapper en sprong al schietend met zijn .45 naar voren en de tweeling dook weg in de auto, omdat de Uruguayaan die bij hen was gewond was geraakt.

De neger bleef midden op straat staan schieten, terwijl Mereles met gierende banden in de richting van de hoek reed. Bij de schietpartij had de neger zijn pistool helemaal leeggeschoten en hij dook even het portaal van de apotheek in om het weer te laden. Toen ging hij (vertelde Lucía Passero verder) weer door met schieten, totdat de auto van de misdadigers uit het zicht verdwenen was. Het was alsof er een film voor haar alleen werd afgedraaid, een onvergetelijke belevenis, die ineengedoken mannen die daar met een ijskoud gezicht en starre ogen aan het schieten waren, de mestgeur van het kruit, de roodbruine kleur van het bloed, het gepiep van de banden van de auto die op twee wielen wegvluchtte en de kalme gestalte van de neger die zijn pistool in beide handen geklemd hield, terwijl hij met gespreide benen stevig op de straatstenen stond. Ik zag, zei de vrouw, dat een van de boeven gewond was. En ze zag duidelijk hoe een kogel de achterruit van de auto verbrijzelde toen hij voor de bakkerij langsreed en ook hoe een van de kerels ineenkromp, naar zijn middel greep en vervolgens naar zijn bebloede hand keek.

'Ze hebben me geraakt,' zei de Uruguayaan, en hij boog zijn hoofd om naar zijn bebloede handen te kijken die hij tegen zijn buik gedrukt hield. Hij was bleek en kalm en zo verbaasd door wat hem overkomen was, dat hij amper kon reageren. Hij heette Yamandú Raymond Acevedo en was nog nooit gewond geraakt. Hij was ermee akkoord gegaan de Argentijnen te helpen met het knoeien aan de auto, omdat ze een enorme smak geld betaalden en hem nog meer hadden beloofd als hij hen de grens over zou brengen, naar Rio Grande do Sul, in het noorden, boven Santa Ana.

'We kunnen je zo niet meenemen,' zei el Nene Brignone rustig en direct. 'Het spijt me, jongen, maar je moet de auto uit.'

'Dat wordt mijn dood, Nene, laat me hier niet liggen, ik smeek het je.'

Met een asgrauw gezicht keek Yamandú eerst el Nene smekend aan en toen Dorda, die zijn hand met een Beretta in de aanslag op zijn knieën liet rusten.

'Pech gehad, Yamandú,' zei de Gaucho. 'Je moet maar voor jezelf zorgen, wij moeten door, er zal je niks gebeuren.'

'Doe niet zo gemeen, man, lever me niet over, laten we naar Malito gaan, dan kan hij zeggen wat we moeten doen.' Dorda hief zijn Beretta en zette de loop tegen het hoofd van de Uruguayaan.

'Je mag blij zijn dat ik je niet overhoopschiet. En als je gepakt wordt en je gaat praten, weet ik je te vinden en snij ik je ballen eraf.'

'Jullie zijn een stelletje klootzakken, zo kun je iemand niet behandelen.'

De Kraai minderde amper vaart en Yamandú opende het portier. Hij zou zich wel moeten laten vallen om niet vermoord te worden. Hij wierp zich uit de auto en viel op zijn zij op het wegdek.

De auto meerderde vaart en Dorda stak zijn pistool uit het raampje en schoot op de gewonde man, maar hij slaagde er niet in hem te doden. Voor Yamandú was dit het bewijs dat de Argentijnen verloren waren, want er was een onuitgesproken wet, een stilzwijgende afspraak tussen mensen uit de onderwereld waar iedereen zich aan hield: je laat een gewonde kameraad niet in de steek maar probeert hem te helpen, en een handlanger die loyaal heeft gehandeld maak je niet af als een verklikker. Ze waren volledig doorgedraaid, zei Yamandú, het waren kerels die in een totale droomwereld leefden, ze wilden met de auto over de Pan-American Highway naar New York en dan onderweg banken beroven en apotheken overvallen om aan drugs te komen. Ze klampten zich vast aan dat idee, bestudeerden kaarten met alle secundaire wegen en berekenden hoeveel tijd ze nodig hadden om in de Verenigde Staten te komen. Ze waren niet goed snik, ze droomden ervan voor de Puerto Ricaanse maffia in New York te werken, onder te duiken in het latinoghetto en daar waar niemand hen kende opnieuw te beginnen. Ze kunnen niet eens wegkomen uit het centrum van Montevideo en willen naar Manhattan, want el Nene heeft de tangozanger die het idee van de overval heeft aangedragen horen zeggen dat hij een Cubaan kent die een restaurant in New York heeft en met die man willen ze nu gaan samenwerken, dat soort waanzin. Ik heb nog nooit zulke types gezien, zei Yamandú. Hij overdreef natuurlijk, om de druk op hemzelf te verminderen en om te doen alsof hij een simpele helper was, een loopjongen van de Argentijnen, die hem dwongen tot dingen die hij anders nooit zou doen.

'Hij gaat praten,' zei de Gaucho, boos omdat het hem

niet gelukt was hem af te maken. 'Hij gaat ons allemaal verlinken … Hij kent toch de huizen, de schuilplaatsen, waar moeten we nu heen?'

'Rustig, laat me even nadenken,' zei el Nene.

'Nadenken, wat valt er nou na te denken? Die hufter, die klootzak gaat gewoon praten, we moeten terug om hem koud te maken.'

'Je hebt gelijk,' zei de Kraai, en hij zette de auto in zijn achteruit en reed op volle snelheid terug naar de straat waar ze de Uruguayaan gedumpt hadden. Maar toen ze daar aankwamen, had Yamandú zich al over een braakliggend stuk land gesleept en zich in het magazijn van een kapperszaak verstopt, om te wachten tot het donker zou worden en hij zich uit de voeten zou kunnen maken. In dat overdekte gangetje vol droogkappen op metalen voeten die de vorm van een duikuitrusting hadden, vol draaistoelen met witleren armleuningen, spoelbakken met een ronde opening aan de voorkant en allerlei slangen en kranen om het haar te wassen, spiegels en krulpennen en dozen met kammen, meende hij de motor te horen van de auto waarin de Argentijnen terugreden om de straten af te zoeken en hij meende zelfs (of verbeeldde zich) de stem van de Gaucho te kunnen horen die hem riep alsof hij een poes was. 'Poesie, poesie, poesie.' Want hij is daartoe in staat (aldus Yamandú), volledig geschift, totaal gestoord, doet alles wat el Nene zegt en el Nene is kouder dan een slang, die geeft om niets of niemand.

Ze reden een paar rondjes door de buurt en kwamen zelfs langs het magazijn van de kapperszaak waar Yamandú verstopt zat, maar ze konden hem niet vinden en reden toen snel weg in een poging uit het centrum weg te komen, omdat ze de sirene van patrouille-

108

wagens hoorden. Ongetwijfeld kende de politie inmiddels het kenteken van de auto en zodra de Uruguayaan gepakt was, zouden ze alle informatie in handen hebben om de identiteit van de overvallers te kunnen achterhalen. Malito was er zoals gewoonlijk niet bij, die zat in zijn eentje ergens in de wijk Pocitos, in een onderkomen dat niemand kende, en probeerde contacten te leggen om naar Buenos Aires terug te keren voor het geval de overtocht naar Brazilië zou mislukken. Ze hadden een afspraak met hem voor de volgende dag. Dan zou hij inmiddels wel weten wat er aan de hand was.

'We moeten de boel opbreken,' zei de Kraai, 'en ons hergroeperen.'

'Laten we gaan,' zei el Nene. 'Laten we proberen er eerder dan de kit te zijn.'

Ze wisten zeker dat Yamandú gepakt zou worden en dat hij hen natuurlijk zou verraden. Ze reden naar de schuilplaats waar ze zich sinds hun aankomst in Montevideo hadden begraven en haalden hun wapens en het geld daar weg vijf minuten voordat de politie arriveerde. Vanaf dat moment verbraken ze elk contact met de hulptroepen die Nando voor hen in Uruguay had geregeld en begonnen ze een plek te zoeken om zich schuil te houden. Ze waren totaal geïsoleerd, iedereen meed hen alsof ze lepra hadden.

'Ik weet al waar we heen gaan,' zei el Nene Brignone plotseling.

'Weet je ergens iets?' vroeg de Kraai.

Ze waren gestopt in een zijstraat van de Rambla, vlak bij de rivier. Ze hadden de auto tussen een paar bomen verborgen, in het Parque Rodó, en zittend op de treeplank dronken ze bier uit de fles, met de portieren van de auto geopend en hun wapens en het geld opgestapeld op de lege plek die was ontstaan nadat ze de achterbank eruit hadden gegooid.

'Wacht hier.'

El Nene stak de straat over en ging een café binnen, waar hij achter in de zaak een telefoon vond.

Tegen die tijd was Yamandú al opgespoord in een kapperszaak. De politie die de buurt doorzocht vond hem weggekropen in een ruimte achter de zaak. Ondanks de wond in zijn buik probeerde de gangster te ontsnappen, maar hij werd overweldigd. Op zijn knieën smeekte hij om genade en verried ten slotte de identiteit van zijn kornuiten.

'Maak me niet dood,' zei hij. 'Het is de schuld van die Argentijnen.'

De arrestant was inderdaad Yamandú Raymond Acevedo, een Uruguayaans staatsburger met een lijvig strafblad. Hij werd naar het militair hospitaal gebracht, waar hem eerste hulp werd verleend. De artsen deden hun best om hem wakker en helder te houden.

Tijdens het politieverhoor bekende Raymond dat hij had deelgenomen aan de schietpartij waarbij agent Cancela om het leven was gekomen en hij gaf toe dat hij in het gezelschap van de Argentijnse boeven had verkeerd totdat ze hem, Yamandú, omdat hij gewond was en niet kon vluchten, hadden proberen te doden. Op grond van zijn lange verklaring konden alle stappen van de overvallers vanaf hun aankomst in Montevideo worden gereconstrueerd. Bovendien deed de politie onmiddellijk een aantal invallen om handlangers van de bende te arresteren.

Toen er voldoende uiterlijke gegevens en persoonlijke kenmerken van de vier verzameld waren, werd er contact gelegd met de politie van de naburige oever (zoals de kranten het noemden). Aan de hand van een serie foto's van de gangsters kon worden bevestigd dat het om de Argentijnen ging. Van de vier mannen waaruit de groep overvallers bestond, herkende Yamandú er drie. Het waren Mereles, Brignone en Dorda. Er was echter niets bekend omtrent de verblijfplaats van Enrique Mario Malito.

De criminele wereld bevond zich in een 'staat van paraatheid', want het onderzoek wees uit dat plaatselijke moordenaars, oplichters en smokkelaars hadden meegewerkt bij het verbergen van de Argentijnse gangsters en nu bang waren voor vergeldingsmaatregelen van de politie. De laatste versie die de ronde deed was dat de bende van Malito onderweg was naar Colonia, in een wanhopige poging de rivier weer over te steken en terug te keren naar Argentijns grondgebied. Vandaag (dus gisteren) werd de smokkelaar Omar Blasi Lentini samen met zijn zwangere vrouw en hun twee kleine kinderen aangehouden, omdat hij onderdak voor de bende had geregeld in de woning van douanier Pedro Glasser op San Salvador nr. 2108. Daarmee kwam de politie onmiddellijk de Argentijnse misdadiger Hernando Heguilein alias 'Nando' op het spoor, ten tijde van Perón lid van de Alianza Libertadora Nacionalista, die er door Lentini van werd beschuldigd de schakel te zijn voor iedere grote crimineel die vanuit het buitenland naar Uruguay komt en die zou hebben gediend als contactpersoon tussen de voortvluchtigen en de Uruguayaanse onderwereld.

Na de aanhouding van de crimineel Lentini – die deel had uitgemaakt van de door 'El Cacho' aangevoerde jeugdbende – kwam een politie-eenheid op vrijdag

5 november Heguilein op het spoor. Deze hield zich schuil in een huis aan de Calle Cufré, waar de politie hem verraste toen hij zich in zijn pyjama stond te scheren. Hoewel het huis omsingeld was, wist hij over de daken te ontkomen en pas toen hij vanaf het platte dak in de tuin van een naburig huis sprong, werd hij ten slotte ingerekend. Nando beweerde dat hij zich 'vol afschuw' van de bende had losgemaakt toen hij hoorde op wat voor laffe manier ze Yamandú hadden proberen te vermoorden. 'Ik ben een man van principes, een politieke gevangene. Ik behoor tot de Movimiento Nacional Justicialista en ik strijd voor de terugkeer van Generaal Perón,' verklaarde de crimineel.

'Ja, dat zal wel,' was de reactie van commissaris Santana Cabris van de Afdeling Recherche. 'Maar u bent vooral een Argentijnse klootzak die agenten vermoordt.'

Nando wist hoe het was om gemarteld te worden, wist dat hij zo lang mogelijk moest blijven zwijgen. Want als je met de stroomstok eenmaal begon te praten, kon je niet meer ophouden. Hij zou proberen geen woord te zeggen, want hij was bang dat ze hem zover zouden krijgen dat hij Malito's schuilplaats zou verraden. Malito was zijn vriend, en hij was niet zomaar iemand, hij was een bandiet van de oude stempel, een idealist die een nationale held kon worden, net als Di Giovanni of Scarfó en zelfs als Ruggerito of de vervalser Alberto Lezin en al die andere schurken die hadden gestreden voor de nationale zaak. Ze zouden hem moeten doden, dacht Nando, want hij was niet van plan Malito's schuilplaats te verraden.

Terwijl ze hem naar de martelkamer brachten probeerde hij niet na te denken, zijn geest leeg te maken, als een onbeschreven vel papier. Ze hadden hem geblinddoekt, misschien zouden ze hem wel binnen vierentwintig uur voor de rechter brengen. Hij had het wel erger meegemaakt en deze keer wist hij zeker dat de pers achter de politie aan zat en bekend zou maken dat hij gevangen was genomen.

In werkelijkheid bleef de arrestatie van Heguilein vrijwel onopgemerkt op de drukbezochte persconferentie op het hoofdbureau, doordat bekend werd dat de politie de Argentijnse gangsters weer op het spoor was. Vanaf dat moment zou (volgens de verslaggever van *El Mundo*) de meest indrukwekkende belegering uit de analen van de politie van Río de la Plata worden 'bekokstoofd'.

Vroeg in de middag arriveerde inspecteur Cayetano Silva, hoofdcommissaris van het District Noord van de politie van Buenos Aires, in een passagiersvliegtuig van de politie van de provincie Buenos Aires op de luchthaven Carrasco, om met de Uruguayaanse autoriteiten samen te werken. Toen Silva uit het vliegtuig was gestapt en met zijn collega's over de landingsbaan liep, werd hij door hen op de hoogte gebracht van het nieuws.

'We hebben ze bij toeval gevonden, door een absurd incident. Ze waren bezig de nummerplaten van een gestolen auto te verwisselen.'

'Ze staan helemaal alleen. Ze hebben geen contacten meer.'

'We moeten de druk nu verhogen.'

'Het is niet nodig iedereen te arresteren. Je moet een paar types vrij rond laten lopen, zodat de Argentijnen contact met hen kunnen zoeken.'

'Nu Yamandú is opgepakt, staan ze alleen.'

'En omdat ze alleen staan,' zei Silva, 'gaan ze hun plannen dus omgooien. Wat kunnen ze doen? Ze zullen proberen de stad te ontvluchten.'

'Dat lukt ze toch niet, alle wegen zijn afgesloten.'

'Er moet in de kranten komen te staan dat Yamandú met ons samenwerkt.'

De rechercheurs waren tot de conclusie gekomen dat Malito en zijn handlangers al over aanzienlijk minder geld beschikten. Het kopen van documenten, de kosten van de clandestiene overtocht naar Uruguayaans grondgebied – op het jacht *Santa Mónica*, zoals bronnen van de marechaussee hadden bevestigd –, de orgieën die in de schuilplaatsen hadden plaatsgevonden, de huur van auto's en appartementen die als schuilplaats waren gebruikt, hadden hun kapitaal doen slinken. Over de orgieën kregen ze te horen van Carlos Catania, een taxiboy die zich spontaan kwam melden en verslag deed van de gebeurtenissen van het afgelopen weekend. De boeven hadden jongens en vrouwen laten komen en met grote hoeveelheden drugs twee dagen lang een knalfeest gebouwd, zoals ze het noemden, en daar hadden ze de meest perverse dingen gedaan. 'Maar ze waren wel aardig,' zei de zestienjarige jongen, 'ze hebben me een pak gegeven.'

Deze jongen was de eerste die hun over de uitstapjes van el Nene Brignone naar de rosse buurt rond de Plaza Zavala en over zijn vriendschap met Giselle vertelde.

'Ik wil onder vier ogen met het meisje praten,' zei Silva.

Bij het aanboren van de onuitputtelijke inlichtingenbron die het nachtleven van Montevideo (whiskybars, speelzalen, enzovoort) vormt, kwamen ambtenaren van het OM erachter dat de inspanningen van de Argentijnse gangsters erop gericht waren om, met behulp van een animeermeisje (het donkere meisje uit Río Negro) dat in het milieu werkte, een goed 'hol' te vinden.

Parallel aan hun pogingen om voor een paar dagen een appartement te huren, probeerden de gangsters een veilige doortocht naar Paraguay te regelen en ze boden daarvoor een exorbitant bedrag. In hun pogingen kwamen ze terecht bij personen die een appartement in het Liberaij-gebouw (Calle Julio Herrera y Obes 1182) bezaten, maar die banden met politiekringen zouden blijken te hebben.

Een andere, niet-bevestigde versie luidde dat de Argentijnen via een onbelangrijke tussenpersoon uit de Uruguayaanse onderwereld in het appartement waren beland. Omdat de Argentijnen een groot risico voor hem vormden zou dit contact ('een helper'), het appartement te leen hebben weten te krijgen en deze informatie onmiddellijk aan de politie hebben 'doorverkocht', zonder dat de werkelijke eigenaars van de woning of de huurders wisten wie die vogels waren die hun toevlucht in appartement nr. 9 aan de Calle Julio Herrera y Obes 1182 hadden gezocht.

Kortom, het is een lang en ingewikkeld verhaal dat door alle duistere hoeken van het nachtleven voert, waar het makkelijk kan gebeuren – alleen al om de simpele reden dat je boven op elkaar zit – dat de eerlijke nachtclubbezoeker het aanlegt met de smokkelaar, de bankrover en de dief, zonder zijn achtergrond te kennen. De politie zal het later allemaal uitleggen. Inmiddels is zeker dat de Argentijnse misdadigers gisteravond een paar minuten over tien het genoemde appartement hebben betrokken.

Appartement nr. 9 is een vrijgezellenflat die gedeeld wordt door twee grootgrondbezitters uit het oosten. Deze huren het onder tegen een bedrag van 480 Uruguayaanse peso's per maand. Het zijn neven en ze zijn allebei rond de vijfenveertig jaar oud. Beiden worden vaak in het nachtclubcircuit en in de wereld van de taxiboys bij de haven gesignaleerd.

Hoe kwamen de gangsters Brignone, Dorda en de Kraai Mereles in het appartement terecht, terwijl de politie van twee landen zo koortsachtig naar hen op zoek was? De verslaggever weet het niet, maar hij heeft verschillende hypothesen.

Eén versie luidt dat de gangsters het hadden gekocht van de rechtmatige eigenaar, een Uruguayaan (van Griekse oorsprong), eveneens een bekende figuur uit het nachtleven, die zich vaker in Buenos Aires ophoudt dan in Montevideo en wiens achternaam, naar men zegt, zou kunnen beginnen met de letter 'K'. De gangsters zouden 'K', zonder dat deze iets van hun identiteit af wist maar nadat hij hen had leren kennen in het nachtleven van de oude stad, een eerste betaling hebben gedaan van tachtigduizend Uruguayaanse peso's.

Afgezien van al dit giswerk staat wel vast dat het appartement aan de Calle Julio Herrera y Obes een echte 'muizenval' was, die de politie voor de voortvluchtige overvallers had gezet. Het is niet bekend hoe, maar op de een of andere manier wist de politie het voor elkaar te krijgen dat ze daar hun intrek namen.

Een bron die anoniem wenst te blijven beweert dat de Argentijnen vertrouwden op een Uruguayaanse crimineel die voor de politie werkt en dat hij de informatie doorspeelde aan mensen die banden met de Afdeling Moordzaken hebben.

Volgens een andere versie heeft de politie zelf de gangsters het appartement indirect ter beschikking gesteld en hebben deze zich in dit 'hol' begeven zonder enig vermoeden dat hun Uruguayaanse beschermer hen aan hun achtervolgers had verkocht. Als dit waar is – en in dat geval moet die andere versie, die luidt dat de Argentijnen het appartement hadden gekocht door een aanbetaling te doen van 80.000 Uruguayaanse peso's, worden uitgesloten – is de politie ongetwijfeld zeer behoedzaam te werk gegaan, omdat ze wisten dat ze zich op gevaarlijk terrein begaven en met zware criminelen te maken hadden.

Als ze de voortvluchtigen op straat hadden verrast, was er onvermijdelijk een gevecht gevolgd dat riskant zou zijn geweest voor de inwoners van Montevideo. Er was een plek nodig waar de criminelen boven op elkaar zouden zitten en met dat doel zouden de mannen van het Hoofdbureau, naar men zegt, zijn overgegaan tot deze list en hun een schijnbaar veilig appartement – centraal gelegen, gemeubileerd, comfortabel – op een presenteerblaadje hebben aangereikt, terwijl de Argentijnen wachtten op een contact dat hen, zoals Nando zou hebben verklaard, naar Paraguay zou brengen.

Als dat waar is, en alles wijst daarop, werd het tijdmechanisme voor de operatie die moest leiden tot de arrestatie van de Argentijnen om tien uur 's avonds in gang gezet.

Even voor dit tijdstip had het donkere meisje van eenentwintig dat het appartement in haar vrije uren gebruikte een lichtblauw mantelpakje aangetrokken en zich klaargemaakt om zoals gewoonlijk naar de bar in het centrum te gaan, waar ze de nachten doorbracht tot het weer licht werd. Ze droeg een zwarte handtas en bijpassende schoenen en had ongetwijfeld niet het flauwste vermoeden van wat er zeer binnenkort zou gebeuren.

Het was precies tien uur 's avonds. Op dat moment klonk de bel en vroeg de stem van een onbekende door de intercom of hij met haar kon praten. Het donkere meisjes uit het noorden van Río Negro deed de deur open en liet de man binnen.

Hij maakte zich bekend als een hoge politiefunctionaris, zoals het meisje (haar naam bleek Margarita Taibo, alias Giselle, te zijn) later in de nachtclub vertelde.

'Ga naar buiten … Verlaat onmiddellijk de woning,' zei de man.

Op korte afstand gevolgd door de politieman kwam het meisje inderdaad, zonder zich verder op te maken, naar buiten en het appartement bleef verlaten achter, als een val die wacht op de komst van de prooi.

Het was nu ongeveer 22.10 uur. Het meisje uit het noorden van Río Negro ging naar het huis van een vriendin die aan de Calle Mayo 25 woonde en vervolgens ging ze met een stel vrienden van die vriendin in een auto met een Braziliaans nummerbord naar de bar.

Doordat ze het appartement kende en de gangsters zelf in deze val had gelokt, kon de geheime politie van het begin af aan de bewegingen van de Argentijnen volgen, al vanaf het moment dat het contact werd gelegd om de schuilplaats te betrekken.

Volgens een van de vele versies had de politie overal in de flat microfoons aangebracht, omdat ze erachter wilden komen waar het gestolen geld (rond de vijfhonderdduizend dollar) was gebleven. Volgens andere versies werd het afluistersysteem al voor de komst van de gangsters gebruikt, om mogelijke verboden activiteiten van de nachtclubeigenaren in de gaten te houden. (Voornamelijk drugshandel en handel in blanke slavinnen.) Hoe het ook zij, het streven om de buit terug te vinden zou (volgens sommige bronnen) een verklaring kunnen zijn voor de merkwaardige fout die bij deze operatie is gemaakt.

Zoals bekend is het een gangbare praktijk van de politie om vallen voor misdadigers op te zetten. Dit houdt in dat ze de gezochte persoon opwachten in het huis of het appartement waarvan ze weten dat hij daar om wat voor reden dan ook heen zal gaan en dat ze hem dan verrassen voordat hij zich kan verdedigen.

In het onderhavige geval lijkt het erop dat er een fout is begaan. De val werd omgekeerd opgezet, van buiten naar binnen, in plaats van andersom. Als de politie de woning had bezet nadat ze de jeugdige bewoonster hadden bevolen het appartement te verlaten, dan zou ze hebben voorkomen dat de overvallers over het enorme arsenaal beschikten waarmee ze, tot op het moment dat dit bericht geschreven werd, het beleg konden weerstaan.

Maar de (Argentijnse) politie wilde meer. Hoogstwaarschijnlijk wilden ze de bankrovers doden in plaats van hen levend in te rekenen, om te voorkomen dat ze ambtenaren zouden beschuldigen die (volgens dezelfde bron) heimelijk hadden deelgenomen aan de onderneming zonder het afgesproken deel van de buit te hebben ontvangen.

Eén ding is zeker en dat is dat de rode Studebaker van de gangsters om 22.11 uur de garage van het gebouw binnen reed.

El Nene Brignone liep de trap op, gevolgd door de Kraai Mereles en de Blonde Gaucho. El Nene stak de sleutel in het sleutelgat en na even wat morrelen ging de deur van het appartement open.

6

De garçonnière in appartement nr. 9 aan de Calle Julio Herrera y Obes is een klein geheel van vrijwel lege, bleekgroen geverfde kamers. De deur van het appartement (de bel werkt niet en om met de steeds wisselende bewoners in contact te komen moet je op de elektrische bel beneden bij de buitendeur drukken) komt uit op een smalle gang (schrijft de jongen die de politierubriek in *El Mundo* verzorgt), waar ook de deuren van de andere appartementen op uitkomen. Het ligt op de eerste verdieping van het gebouw, dat uit slechts drie verdiepingen bestaat en dus geen lift heeft. Het is van belang dit detail te onthouden.

Eenmaal in het appartement komt de bezoeker allereerst in een soort zit-eetkamer van ongeveer drie bij vier meter, met aan de linkerkant aangrenzend een keuken. Daar is eindelijk een raam en dat kijkt uit op een luchtkoker. In de keuken zit een marmeren aanrechtblad, met in het midden een spoelbak en kastjes eronder. De bezoeker van het appartement zal in de zit-eetkamer weinig meubelen en kale muren aantreffen. Er zit ook geen deur tussen de zitkamer en de keuken.

Op de zitkamer komen drie deuren uit, van twee slaapkamers en een badkamer. De eerste slaapkamer, die eveneens uitkijkt op de luchtkoker, wordt gebruikt door het donkere meisje uit het noorden van Río Negro en daarin bevinden zich een opklapbed met een kleine klerenkast, een tafeltje met een glazen blad en een stoel. Verder is er alleen nog een nachtlampje en er staat een foto van het meisje op de ombouw. De lege muren geven het geheel het provisorische karakter dat zulke kamers eigen is.

Het tweede kamertje kijkt uit op de andere luchtkoker en dient ook als slaapkamer. Deze wordt gebruikt door de onderhuurders van het appartement en door de vele wisselende bezoekers die op de een of andere manier een sleutel van de woning bezitten of te leen hebben gekregen. In het midden staat een dubbel bed, tegen de linkermuur een toilettafel en tegen de rechtermuur, tegenover het voeteneind van het bed, een klerenkast. In het midden van de rechtermuur zit een raam dat uitkijkt op de luchtkoker. Het grote verschil met de andere slaapkamer is dat in die van het donkere meisje uit het noorden van Río Negro de parketvloer glimt en de muren schoon zijn, terwijl dat hier absoluut niet het geval is. Deze kamer heeft geen vaste bewoner: niemand die zich erom bekommert hem ook maar een beetje schoon te houden.

En dan is er nog de badkamer. Daarin zijn alleen de gebruikelijke zaken te vinden: een General Electric-boiler en een blauw plastic gordijn rond de badkuip. Pal boven de badkuip is een raam dat uitkomt op de tweede luchtkoker.

'Aan de andere kant is niets, alleen maar de binnenplaats.'

Mereles was op de rand van de badkuip gaan staan en hing uit het raampje. Grijze muren, verlichte ramen en beneden het golfplaten dak van een loods. El Nene en Dorda gingen naar de woonkamer.

'Er is een tv, kijk …'

'Ik zei toch dat het goed gemeubileerd was ...'

'Jezus, wat stinkt het in de badkamer ...'

'We zijn er dus vandoor gegaan,' pakte el Nene de draad van zijn verhaal weer op, 'want je weet toch nog wel, mafkees, dat we naar Mexico wilden, ik had een vriend die een paspoort ging kopen omdat er zoveel stempels in dat van hem stonden, hij heette Suárez en die achternaam kwam hem van pas, maar hij is uiteindelijk in Mexico vermoord ...'

'Zit niet zo te zwammen, wie haalt het nou in zijn hoofd om naar Mexico te gaan ... Door de hoogte gaan je oren fluiten, in La Paz kreeg ik alleen al een bloedneus als ik mijn slaapkamerraam openzette.'

'Maar ik zeg ook dat we naar New York moeten, er loopt een grote weg van Vuurland tot aan Alaska, wist je dat niet? Kijk maar op de kaart, het is een soort dunne draad, hij loopt maar door, midden door het oerwoud, de Duitsers hebben hem aangelegd, die hebben bulldozers laten komen en de indianen aan het werk gezet en binnen twee jaar kon je op de fiets van noord naar zuid.'

'Ik ga hier zitten, geef dat kussen eens. Laten we wat eten.'

Ze hadden gegrilde kippen, whisky, cornedbeef en voorraden voor een week gekocht, voor het geval ze niet weg konden komen.

'Hé, komt Malito nou?' Mereles at kip en dronk whisky uit de plastic beker uit de badkamer. 'Moeten we op hem wachten? Kent dat meisje hem of niet?'

'Ik heb hem een boodschap laten sturen dat we hier zitten,' zei el Nene.

'Ik zag op de televisie dat je bioscopen kunt beroven door aan de achterkant naar binnen te gaan, door het kamertje van die kerel die de film draait … Je gaat gewoon naar binnen, blokkeert de uitgang, laat iedereen op de grond gaan liggen en verzamelt de poen van al die sukkels die naar die film zitten te kijken en dan maak je je via het raam van dat projectiekamertje weer uit de voeten. Dat werkt perfect, alles in het donker, de film draait door en overstemt elk geluid …'

'Hoezo heb je dat op de televisie gezien?'

'Een programma over gebrek aan veiligheid in openbare ruimten … Stel je voor hoeveel poen je bij elkaar kunt jatten in een volle bioscoop …'

Ze moesten wachten totdat Malito met papieren en een nieuwe auto kwam, en dan zouden ze samen met hem 's ochtends heel vroeg naar het noorden gaan, naar het platteland, en zich in een boerderij in Durzano of Canelones verbergen.

'Dus jij vindt het best als we alles aan het lot overlaten … gewoon maar zien of ie komt. En als ie niet komt, wat dan? Lijkt me een slechte deal.'

'Het is een slechte deal maar we hebben geen keus. We moeten bij elkaar blijven en wachten.'

'We kunnen beter een week hier blijven tot de boel weer wat rustiger is. Ik vind het een prima plek.'

'Maar komt Malito vanavond nog?'

'Luister, als je er in je eentje vandoor wilt, moet je dat proberen, misschien heb je geluk.'

'Doe niet zo stom, zeg …'

'Maar waar had je hem leren kennen, die vent die jou mee wilde nemen naar Mexico?'

'In Bolívar, hij had een Harley Davidson 500 met zijspan en hij scheurde met zijn helm en vliegeniersbril over het land, ging met zijn .45 kaliber hazen jagen op de pas geploegde velden, leunend op hun spade stonden de boeren hem hoofdschuddend na te kijken, die gek liet zijn motor springen als een veer en probeerde in het spoor te blijven, maar je had die motor moeten zien, het leek wel een vliegtuig, die vloog echt de lucht in, want die vent was gek, echt hartstikke gek, he, kun je nagaan, hij had zijn dochter opgesloten in een kamer boven in zijn boerderij omdat ze op haar moeder leek, dat meisje, en van die vent moest ze zich net zo kleden als haar overleden moeder en dan voor hem heen en weer lopen en ik weet niet wat voor dingen doen, en toen hij naar Mexico ging schreef hij zijn dochter brieven, want dat meisje was een ongelooflijk stuk, je had haar moeten zien, met die tieten van d'r, zelfs toen hij al dood was kreeg het meisje nog liefdesbrieven van haar vader, ik weet niet wie die schreef, het meisje is totaal geflipt ...'

Mereles kwam de keuken uit met een pak kaarten en een pot kikkererwten. Ze hadden de wapens en het geld in het kamertje ernaast gelegd en maakten zich op voor een rustige nacht, totdat Malito hen zou komen ophalen.

'Ik heb een pak kaarten gevonden, laten we met zijn drieën een potje pokeren.'

'Oké ... één erwt is tien peso waard, verdeel de kas maar ... Wie deelt er?'

Ineens hoorden ze een gezoem, ze hoorden het al voordat het had geklonken, vlak voordat ze eerst het metalen gezoem en toen een stem hoorden die hen riep.

Ze hadden al een tijdje zitten spelen, aan een rotan tafeltje met een witte theedoek eroverheen en bij het licht van een kroonluchter met franje, midden in de slaapkamer die uitkeek op de straat, toen ze het metalen gezoem hoorden. Het klonk als het gepiep van een rat, het gefluit van de duivel, het metalen gezoem van een microfoon die wordt aangesloten, en toen die stem die hen sommeerde zich over te geven.

Het was de politie.

De stem klonk vervormd, hoog en schril, typisch de stem van zo'n rotjuut, vals en arrogant, gespeend van elk gevoel behalve sadisme. Kerels die schreeuwen, die ervan overtuigd zijn dat de ander zal gehoorzamen of zal bezwijken. De stem van het gezag die je hoort door de luidsprekers in gevangenissen, in de gangen van ziekenhuizen, in de wagens waarin gevangenen midden in de nacht door de lege stad naar kelders van politiebureaus worden gereden om met gummiknuppel en stroomstok onder handen te worden genomen.

Mereles keek el Nene aan.

'De kit.'

Een hartslag van duizend, in je hoofd plotseling een hel wit licht en gedachten die zich als teken aan je hersens vastzuigen. Het duurt één moment en daarna kun je niet meer nadenken. Waar je het meest bang voor bent, het allerergste in het leven, gebeurt altijd plotseling, zonder dat je erop voorbereid bent, en daarom is het zo erg, omdat je het verwacht maar geen tijd heb om je erop in te stellen en verlamd wordt, terwijl je toch moet handelen en beslissingen moet nemen. Dat wat je heimelijk het meest vreest gebeurt uiteindelijk altijd, en zij hadden diep in hun hart het gevoel gehad dat de politie hun op de hielen zat, in hun nek hijgde, en dat het hol waar ze zich verstopt hadden te rustig was, te perfect, en dat ze buiten hadden moeten blijven, in de auto rondjes hadden moeten rijden totdat ze een manier hadden bedacht om de politieversperringen te omzeilen en de stad te ontvluchten, ze hadden het gedacht maar waren al te erg in het nauw gedreven en niemand had iets gezegd, en nu was het te laat, de politie was er al.

'We weten wie jullie zijn. Jullie zijn volledig omsingeld.'

'Laat iedereen die zich in appartement nr. 9 bevindt met zijn handen omhoog naar buiten komen.'

En el Nene deed de lichten uit en de Gaucho rende naar het slaapkamertje, kwam terug met de wapens – de Thompson, de 9-mm Falcon, het jachtgeweer met afgezaagde loop – en begon die uit te delen door ze over de grond naar de ramen te schuiven waar el Nene en de Kraai zich hadden verschanst.

Vanaf de straat kwam een ijzig licht dat het appartement in een spookachtig waas zette. De witte lichtbundels van de schijnwerpers drongen door de rolgordijnen naar binnen en vulden de lucht met lijnen en strepen van licht die als wolken door het stof zweefden. De drie mannen werden door de lichtstrepen getatoeeerd en gluurden door het raam om te zien hoe de zaken ervoor stonden.

'Het komt door die hoer …'

'En Malito?'

'Hoeveel zijn het er? Waarom komen ze niet naar boven?'

Ze bewogen zich in het duister en probeerden de politiemannen te lokaliseren. Hun eerste gevoel was dat ze zich op de tast moesten voortbewegen, omgeven door het grootste gevaar, als iemand die 's nachts door de velden loopt en met zijn handen de lucht aftast omdat hij bang is daar, midden in de duisternis, op stroomdraad te stuiten. Het enige licht binnen kwam van de televisie, die aanstond zonder geluid. In een hoekje maakte Dorda het zakje met coke open. Hij hield het geweer in zijn ene hand en met de andere stampte hij het spul fijn op het glaasje van zijn horloge. Het was 22.40 uur.

'We hebben jullie omsingeld. Dit is het hoofd van de politie. Geef je over.'

El Nene zit ineengedoken in de duisternis en sluipt voorzichtig naar het raam. Er zijn schaduwen op straat te zien, er zijn twee patrouillewagens te zien en schijnwerpers die de gevel van het gebouw verlichten.

'Wat zie je?' vraagt Dorda.

'We zijn erbij.'

Dorda legt zijn machinegeweer op de vloer, gaat met zijn rug tegen de muur zitten, opent een rechthoekig, verzilverd doosje en geeft zichzelf, in een snelle lastige beweging, een shot cocaïne in een van de aderen van zijn rechterarm. Hij doet dat omdat hij in de verte stemmen hoort, ditmaal zachte vrouwenstemmen die hij niet wil horen, hij wil dat de sneeuw hem daarvan verlost, dat het witte spul door zijn aderen trekt en de stemmen vervaagt die onder zijn schedelplaten klinken, in de kanalen tussen die platen zitten adertjes waardoor nu zachte vrouwenstemmen komen. Dat is wat Dorda hoort, de hele tijd, zegt hij tegen el Nene, hij probeert zachtjes te praten, terwijl de agenten overleggen en zij ook overleggen, over de vloer kruipend als ratten, in kieren en spleten, piepend en met puntige tandjes, waar komen die stemmen die hij hoort toch vandaan, Nene. Hij bazelt over ratten, over insecten die in de neus van de doden gaan zitten.

'Ik heb foto's gezien.'

'Je hebt foto's gezien,' zegt el Nene fluisterend. 'Rustig

maar, Gaucho, ze zullen nog in hun broek schijten van angst, luister niet naar wat ze zeggen, hou de boel hier in de gaten.'

'Malito, we weten dat je je in woning nr. 9 bevindt. Geef je over en kom naar buiten, we zijn hier met een rechter.'

Ineengedoken begint de Kraai zachtjes te schelden.

'Die godvergeten gek!'

'Ze denken dat hij hier is.'

'Des te beter,' zegt Dorda nu lachend. 'Dan denken ze dat we met meer zijn.' Zittend op de vloer steekt hij zijn geweer uit het raam. 'Zal ik schieten? Eén keertje maar?'

'Rustig aan, Gaucho,' zegt el Nene.

Dorda begint weer coke fijn te stampen op zijn horlogeglas, met een Spaans pennenmesje met twee snijkanten. Dan doet hij het poeder op het kleine, geribbelde blad en brengt het mesje met vaste hand naar zijn neus, naar zijn snuivende neusgaten, ditmaal gaat hij niet spuiten maar verspreidt het witte spul, de zuivere lucht, zich rechtstreeks door de vertakkingen in zijn schedel. En dat is het enige geluid dat midden in de nacht te horen is. De gretige ademhaling van de Blonde Gaucho die cocaïne opsnuift.

In aanwezigheid van de dienstdoende rechter-commissaris, dr. José Pedro Púrpua, garandeert de politie de misdadigers dat hun leven gespaard zal blijven, maar deze reageren niet. Het appartement is nog steeds in duisternis en stilte gehuld, de politie richt de zoeklichten van een van de patrouillewagens op de ramen en de muren, alsof ze een boot lichtsignalen geven, maar niemand reageert.

Toen het huis 'volledig omsingeld was' (aldus de bronnen) liep kolonel Ventura Rodríguez, de Uruguayaanse politiechef, naar de deur en zei via de 'elektrische deuropener' – dus via de intercom – tegen de bewoners van appartement nr. 9 dat ze omsingeld waren en dat ze zich maar beter konden overgeven, waarbij hij hun de zekerheid gaf dat hun leven gerespecteerd zou worden. Mereles bevond zich op dat moment in de keuken, met de telefoon in zijn hand, en el Nene ging naast hem staan. Ze hadden de deur van de ijskast opengezet en in de spookachtige gloed van dat kille licht konden ze elkaar aankijken, terwijl ze beiden hun oor tegen de hoorn aan drukten om te kunnen luisteren.

'Waarom komen jullie ons hier niet halen?' schreeuwde cl Nene.

'Beste vriend, dit is de commissaris van politie, die jullie garandeert dat jullie je leven zeker zijn.'

'Waarom kom je niet boven met ons pokeren, chef.'

'Hier is de rechter-commissaris, die jullie verzekert dat jullie rechtsbijstand krijgen en dat jullie niet naar Buenos Aires zullen worden overgebracht.'

'Maar dat willen we juist, schat, in Buenos Aires gaan vechten, waar die klootzak van een commissaris Silva is …'

'Meer kan ik niet voor jullie doen. Ik garandeer dat jullie leven gespaard zal worden en dat jullie een eerlijk proces krijgen …'

Nieuwe, nog zwaardere beledigingen waren het antwoord hierop. Op een bepaald moment riepen ze zelfs dat zij lekker kip zaten te eten en whisky zaten te drinken terwijl de politie honger moest lijden, en dat ze bovendien drie miljoen peso te verdelen hadden.

'En hoeveel verdienen jullie? Jullie laten je voor een paar centen afmaken …'

De woorden van de overvallers tonen duidelijk aan dat ze onder invloed van alcohol en drugs waren. Een vloed van scheldwoorden en obsceniteiten maakte de politiechef duidelijk dat er niet met de ingesloten boeven te 'parlementeren' viel en dat het op geweld dreigde uit te draaien. Dat was ook op te maken uit het feit dat ze door de intercom begonnen te roepen of er zich onder de omsingelaars ook Argentijnse agenten bevonden en dat die hen maar moesten komen arresteren.

'Laat Argentijnse agenten komen …'

'We willen Argentijnse agenten …'

Het is bekend dat dit soort misdadigers (verklaarde de politiearts van de eerstehulppost die ter plekke was ingericht), en zeker de drie met wie we hier te maken hebben, verslaafd zijn aan drugs om zich staande te kunnen houden in omstandigheden als die waarin ze nu verkeren. Deze woorden zouden later bevestigd worden toen bij huiszoeking 144 flesjes met een drug genaamd Dexamil Spanzule werden aangetroffen en ook een aantal 'ravioli' cocaïne die de criminelen in hun haast om weg te komen daar hadden achtergelaten. Langdurig gebruik kan op den duur echter hallucinaties oproepen; het is niet bekend of dat bij een van hen ook het geval is.

Nog een bewijs dat ze zich door het gebruik van drugs in een psychisch abnormale toestand bevonden is dat ze in zo'n moeilijke situatie, toen de politiecommissaris hen vannacht sommeerde zich over te geven, reageerden met de opmerking: 'Nee, want we hebben het hier prima naar ons zin, wij eten kip en drinken whisky, terwijl jullie daar beneden honger lijden.'

'Kom maar boven, jullie zijn van harte welkom …!'

De Kraai maakte een gebaar naar el Nene en op hun

hurken slopen ze naar de zijkant van de kamer. Leunend tegen de muur keken ze elkaar aan, van heel dichtbij.

'Gaan we naar buiten?'

'Nee. Laten ze ons hier maar komen halen, als ze durven. Malito zal zo wel komen … Hij zal wel iets bedenken, waarschijnlijk is hij al in de buurt en heeft hij ze al gezien, want het hele blok is ongetwijfeld omsingeld en hij kon er natuurlijk niet door. We moeten volhouden … en ervandoor gaan als ze even niet opletten … Dan moeten we proberen het dak te bereiken.'

'Waar staan de agenten opgesteld?' vroeg el Nene. 'Kun je ze zien?'

'Ze zijn overal.' Dorda had het naar zijn zin. 'Er zijn er wel duizend … ze hebben vrachtauto's, ambulances, patrouillewagens … Laten ze boven komen, kijken of ze dat lukt … Dan wordt het vogeltjes neermaaien.'

'Vrachtauto's, wat willen ze daar nou mee …'

'De lijken afvoeren …' zei de Kraai, en op dat moment begon het schieten.

Eerst was er de droge knal van een 9-mm en meteen daarop het geluid van een machinegeweer.

Gehurkt bij het raam keek Dorda naar de straat en glimlachte.

De politie opende het vuur op het raam van de verwaarloosde kamer, die uitkeek op de luchtkoker en op net zo'n raam van het appartement ernaast. De schoten werden door de Argentijnen beantwoord en met tussenpozen zette het vuurgevecht zich een tijdlang voort, tot verbazing van de gehele bevolking van Montevideo die de gebeurtenissen inmiddels via radio en televisie volgde.

Op een gegeven moment hoorde men een van de

criminelen roepen: 'Eén iemand bij de deur en de anderen bij de klapramen.'

Deze strategie volgden ze de hele nacht.

De ligging van het appartement bleek een dodelijke val te zijn, omdat er geen vluchtweg was. Maar om zich te verdedigen was het een bijna perfecte schuilplaats. Je kunt het appartement alleen maar binnen komen via de deur die uitkomt op de centrale gang en deze deur wordt afgeschermd door een bocht in de trap. Die weg nemen zou zelfmoord zijn. De politie schoot aanhoudend door de gang (er zaten honderden kogelgaten in de muur, het pleisterwerk was verdwenen en overal waren de bakstenen te zien). De gangsters schoten met een machinepistool door een van de gaten die waren ontstaan door de lichtspoorkogels, in de hoop dat de projectielen tegen de muur zouden afketsen in de richting van de straat.

'In Avellaneda heeft de kit ons een keer ingesloten in een schuur, mij en de jongste broer van Letrina Ortiz, en toen hebben we een kelder gevonden die uitkwam op het riool … Een opening niet groter dan dit,' vertelde Mereles, 'en zo zijn we toen weggekomen.'

Ze spraken zichzelf moed in, probeerden zich door de woning te verplaatsen zonder gezien te worden vanaf de verschillende punten waar de politie stond opgesteld. Ze hadden de televisie op de grond gezet opdat die niet geraakt zou worden door de kogels, en zo nu en dan, als er even een pauze was, keken ze wat er op straat gebeurde. Ook luisterden ze naar het verslag van de gebeurtenissen dat door Radio Carve werd uitgezonden, de opgewonden stemmen van de presentatoren die elkaar aflosten om de verschrikkelijke momenten te verslaan die de stad Montevideo doormaakte sinds de

Argentijnen zich in het Liberaij-gebouw hadden verschanst. Drommen mensen waren toegestroomd en gaven idiote commentaren voor microfoons en camera's, alsof ze allemaal precies wisten wat er aan de hand was en daarvan rechtstreeks getuige waren. El Nene en de Gaucho zagen op het televisiescherm dat het buiten was gaan motregenen, het was alsof zij in een soort capsule ergens in de ruimte zaten, in een onderzeeër (zei Dorda) die zonder brandstof was komen te zitten en nu op de rotsige zeebodem lag. De schoten waren als dieptebommen die hen deden schudden maar niet konden liquideren.

De politie beperkte zich ertoe de voordeur te beschieten, om iedere poging tot vluchten te verijdelen. En ook vuurde ze heftige salvo's af op het klapraam in de keuken, dat uitkwam op de luchtkoker. Er sloeg een ware krans van lood door dat raam zodra in het duister alleen al de schaduw van een van de boeven te zien was die naar de keuken wilde gaan.

'Langs deze kant zullen ze niet binnenkomen. Het is meer dan zes meter vanaf de trap.'

'Zolang wij standhouden, zullen ze ook niet via de voorkant komen.'

'Het komt door die snol,' zei Dorda.

'Dat denk ik niet.'

'We hebben gewoon telkens pech.'

'Jij blijft bij het raam.'

'Hoeveel coke is er nog?'

'Malito, geef je over, je bent omsingeld.'

'Die sukkels denken dat Malito hier is …'

Op dat moment is er een grote explosie bij het raam, waardoor de ruiten sneuvelen. Door de opening vliegen twee traangasbommen naar binnen.

'Haal water … in de badkamer.'

Ze bedekken hun gezicht met vochtige zakdoeken en gebruiken natte handdoeken om de twee brandende granaten op te pakken en die door het raam naar de trap en de centrale hal van het gebouw te gooien. Politie en journalisten (en nieuwsgierigen) trekken zich terug bij deze onverwachte regen van gas. De politie besluit te wachten met een nieuwe traangasaanval en van tactiek te veranderen. Ze willen proberen op het platte dak boven het aangrenzende appartement te komen om de controle over het badkamerraam te krijgen.

De politie brengt een nieuwe schijnwerper in stelling, die een wit licht door de kamer heen en weer laat glijden. Mereles lost schoten vanaf de deur, terwijl Dorda het raam dekt. El Nene doet de deur open en spiedt de gang in.

'Zie je iets?'

Hij loopt naar het raam van waaruit je het platte dak kunt zien.

'Ze gaan proberen ons in te sluiten vanaf het dak.' Hij trekt zich snel terug en voegt zich weer bij zijn maten. 'Vandaar kunnen ze de daken controleren.'

'Ze proberen van bovenaf binnen te komen.'

'Dat is onmogelijk, dan knallen we ze overhoop,' zegt Dorda lachend.

Ze zijn heel kalm, de drie mannen, ze zitten met hun rug tegen de muur en dekken iedere hoek van het appartement. Ze zijn tegelijkertijd kalm en high, ze hebben amfetamine en alle drugs van de wereld, de politie is altijd banger dan de boeven, de juten doen het alleen maar voor hun loon (zegt Dorda), een hongerloontje, voor hun pensioen, die hebben een vrouw thuis die klaagt omdat die sul zo weinig verdient en de hele nacht buiten in de regen moet doorbrengen, wie wil er nou smeris worden, dan ben je toch niet lekker, dan weet je toch niet wat je aan moet met je leven, dan ben je toch 'lafhartig' (dit woord had hij in de gevangenis geleerd en hij vond het een mooi woord, omdat hij dan iemand met een laf hart voor zich zag). Ze worden smeris omdat ze zekerheid in hun leven willen en op die manier houden ze geen leven meer over, daarom zouden ze geen haast maken om hen in te rekenen, want ze gingen hun leven echt niet op het spel zetten, tenzij een van de politiemannen (commissaris Silva, bijvoorbeeld) wist dat ze de poen daar hadden en het plan had om eerder dan de rest naar binnen te gaan, de poen in zijn zak te stoppen en dan te zeggen dat er niets was. 'Ik heb niets gevonden.'

Maar dat zou moeilijk worden, want ze hadden het al van de daken geschreeuwd, el Nene had al gezegd dat ze nog altijd een half miljoen groene jongens hadden en dat ze die uitloofden voor degene die hen hielp te ontsnappen. Dat had hij door de intercom tegen de politiechef gezegd en het nieuws was via de televisie uitgezonden, als bewijs (volgens de journalisten) dat de misdadigers bereid waren het leven op het spel te zetten van iedereen die bij deze reddingsactie betrokken was. 'Wie wordt er bij deze actie gered?' had el Nene volgens Dorda nog gezegd. 'Zie je wat een onzin ze uitkramen.'

'Ze krijgen ons hier nooit weg, ze zullen moeten onderhandelen.'

'Om ons hier weg te krijgen moeten ze via de trap naar boven komen en de gang oversteken. En dat wordt vogeltjes neermaaien.'

El Nene ging naar de keuken, drukte op de bel van de intercom, nam de hoorn van de haak en begon te schreeuwen, totdat hij hoorde dat er beneden iemand naar hem luisterde.

'Als die vuile klootzak Silva daar is, laat hij dan niet zo schijterig zijn en naar boven komen om te onderhandelen. We willen een voorstel doen, anders gaan er vannacht een hele hoop mensen aan … Wat hebben jullie, Uru's, met deze zaak te maken? Wij zijn peronisten in ballingschap en strijden voor de terugkeer van de Generaal. We weten een hele hoop dingen, Silva, hoe zou het zijn als ik daar eens wat over vertelde?'

Er viel een stilte, waarin je het gekraak van de kabels en het zachte geruis van de regen daar beneden kon horen, maar de politiemannen die stonden te luisteren gaven geen antwoord.

Toen kwam Silva naar voren en leunde tegen het paneel van de intercom. Hij was niet van plan met die klerelijers te praten, hij zou ze dwingen hun hol uit te komen en dan was het aan hen om te praten.

'Als jullie een taxi laten komen die ons naar de grens bij Chuy brengt, dan geven wij jullie de poen en zullen we met niemand praten. Hoe lijkt je dat, commissaris?' zei el Nene.

Er viel een stilte, je kon de Gaucho horen fluiten alsof hij een hond riep en ten slotte liep een beambte van de Uruguayaanse politie naar de intercom en keek vragend naar Silva, die een instemmend gebaar maakte.

'De Uruguayaanse politie onderhandelt niet met criminelen, meneer. Als jullie je overgeven, zal je leven gespaard blijven, anders zullen we nog drastischer maatregelen nemen.'

'Donder toch op, man.'

'Jullie rechten worden gewaarborgd door de rechter.'

'Wat kunnen jullie liegen, stelletje idioten. Zodra jullie ons pakken, leggen jullie ons op de grill tot onze ingewanden zich binnenstebuiten keren.'

Radioverslaggevers namen deze dialoog op met hun microfoons, die ze om de intercom heen tegen de muur gedrukt hielden.

Talloze nieuwsgierigen waren rond het gebouw samengestroomd toen de eerste schoten klonken en de camera's van Canal Montecarlo de Montevideo met een live-uitzending waren begonnen. Op de daken stonden tv-camera's opgesteld om de gebeurtenissen op de voet te kunnen volgen. Zelfs de gangsters konden (zoals in de pers werd opgemerkt) op de tv bij hen in de kamer zien wat zijzelf meemaakten. En in de omliggende huizen volgden talloze mensen, liggend onder meubels en weggekropen onder matrassen om zich tegen verdwaalde kogels te beschermen, de schermutselingen die in hun eigen buurt plaatsvonden. Radiozenders versloegen op hun beurt de belegering vanuit appartementen die ze ijlings hadden gehuurd en journalisten liepen in de omgeving van het gebouw rond met open microfoons. Urenlang volgden de inwoners van Montevideo de verschrikkelijke gebeurtenissen die het hele land in beroering brachten.

Om 23.50 uur bieden drie mannen zich als vrijwilliger aan om het gebouw binnen te gaan en de deur van het appartement op te blazen. Na kort overleg neemt het politiecommando het aanbod aan en wordt er opdracht gegeven in actie te komen. Behoedzaam gaan inspecteur Walter López Pachiarotti, hoofdagent Washington Santana Cabris De León, van de Afdeling Recherche, en hoofdagent Domingo Ganduglia, behorende tot de 20e Divisie, de deur van het gebouw door en sluipen in gebukte houding de gang door. Dan komen de drie mannen in de centrale hal van het appartementencomplex, met achterin de trap die een bocht naar rechts maakt en dan uitkomt tegenover de deur van appartement nr. 9. Agent Galíndez biedt zich aan als vierde man, om de achterhoede te dekken. De vier gaan nu de trap op, waarbij ze een ruit vormen in de klassieke formatie voor een frontale aanval.

Ganduglia gaat voorop, met zijn Uzi op scherp, met links Santana Cabris en rechts López Pachiarotti schuin acher hem, in een beschermende waaier die wordt gesloten door Galíndez, tussen de beide anderen in. Ze hebben de lichten uitgedaan en de trap is een duistere tunnel die omhooggaat naar het licht van het belegerde appartement. Een grafstilte heeft zich meester gemaakt van de omgeving, de mannen bewegen zich ineengedoken en gespannen voort. Plotseling struikelt de vierde man over een traptree en in zijn val grijpt hij zich vast aan Ganduglia, die ook valt. Dat wordt zijn redding, want rechts van hen steekt Dorda zijn wapen door een raam en vuurt met zijn machinepistool van beneden naar boven een salvo af, waarbij hij Cabris in zijn borstkas en zijn hoofd raakt en de anderen verwondt.

'Die klootzakken hebben me te pakken … lieve hemel,' klonk de stem van de ongelukkige, terwijl Dorda bij het raampje stond te lachen.

'Vuile hond,' schreeuwde hij. 'Beul, ik heb je te pakken … Kom dan hier als je durft, jullie schijterige Uru's …'

Zwaar kreunend en happend naar adem lag hij daar op zijn rug, met open ogen en drie gapende wonden in zijn lichaam, midden in een verschrikkelijke plas bloed, een agent van tweeëndertig, met twee kleine kinderen die hun vader zouden moeten missen. De tweede gewonde kroop van hem weg, naar buiten, terwijl de derde naar het bloed keek dat over zijn borst stroomde en maar niet kon geloven dat het noodlot had toegeslagen en zijn ergste voorgevoelens waren uitgekomen. Hij had een wond in zijn buik en wilde er niet naar kijken, agent Ganduglia. Hij voelde geen pijn, alleen maar kou, alsof de hand die op zijn buik lag bevroren was.

Midden in de zone die door schijnwerpers verlicht werd opdat de gangsters niet konden ontsnappen, lagen op het trottoir, in het licht van de koplampen van de vrachtwagens en van de straatlantaarns, de lijken van deze twee dode jongens en het lichaam van de derde, die gewond was aan zijn buik. Ze hadden weinig meer weg van twee jonge mannen die het leven hadden gelaten maar leken eerder door een cementmolen te zijn gehaald (aldus de verslaggever van *El Mundo*), want er was van hen niets over dan stukken bot, flarden darm en lappen vel waarvan je je onmogelijk kon voorstellen dat er ooit leven in had gezeten. Want mensen die aan een schotwond sterven, sterven niet zo clean als in oorlogsfilms, waarin de gewonden een soort elegante pirouette maken en dan pas vallen, nog helemaal gaaf, als wassen beelden. Nee, de mensen die in een vuurgevecht omkomen worden door de kogels uiteengereten en hun lichaamsdelen worden over de grond verspreid, als de resten van een dier in het slachthuis.

De camera's zwenkten over de gewonden, want voor het eerst in de geschiedenis was het mogelijk om live, zonder censuur, de gelaatsuitdrukking weer te geven van mensen die waren omgekomen in de strijd van de wet tegen de misdaad. Als het even duurt voordat iemand sterft, is de dood akeliger dan je je kunt voorstellen: lappen vlees en gebroken botten, bloed dat de trottoirtegels kleurt en afgrijselijk gekreun van de stervenden.

Maar degene die hier gestorven was (voegde Renzi er in zijn notitieboekje aan toe) was op slag dood geweest, zonder dat zijn lichaam de kans had gehad ook maar enige verbazing of besef te registreren, alleen maar de angst vooraf, de angst toen hij de trap op liep naar het appartement waarin de gangsters zich hadden verschanst.

'Het zijn net dolle honden. Ik kan me herinneren,' zei een agent, 'dat er in mijn jeugd eens een zwarte herder in de slaapkamer van mijn ouders zat opgesloten, Wolf, een dolle hond die woest tegen de muren opsprong en die van bovenaf, door het raampje boven de deur, met een jachtgeweer moest worden afgemaakt terwijl hij als een bezetene op en neer sprong.'

'De gewonden moeten onmiddellijk worden weggehaald,' zei commissaris Silva, die het tafereel van terzijde stond op te nemen. 'Een gewonde die nog leeft is het ergste wat je kunt hebben, want die verzwakt met zijn gejammer en gekerm het moreel van de troep. Jullie zijn toch geen mietjes, verdomme,' schreeuwde hij.

Maar de jongen met het verbrijzelde been bleef maar gillen en om zijn moeder roepen. De commissaris was daarentegen verbaasd over de gematigde toon van de jonge agent met de buikwond, die kreunend van de pijn zachtjes jammerde en wartaal uitsloeg: 'Toen we naar binnen gingen, sprongen ze ineens tevoorschijn en begonnen te schieten. Ze zijn naakt en zitten onder de drugs, ze doken als spoken op, het waren er vijf of zes. Het zal heel moeilijk worden om ze uit dat hol te halen.'

De jongen die gewond was aan zijn been was op zijn beurt verbijsterd, hoe kon het dat hij degene was die daar gewond in de gang lag. Die nacht had hij dienst gedaan om een vriend te vervangen die iets had met de vrouw van een voetballer van Peñarol, die met zijn ploeg uit moest spelen. Het was de enige nacht dat zijn vriend bij dat mokkel kon zijn en hij was heel stom geweest en had als een slapjanus toegestemd hem te vervangen, en nu lag hij daar op de grond, geraakt door een kogel die zijn been had verbrijzeld. Het leek allemaal een boze droom, want sinds twee jaar stond zijn leven juist goed op de rails, hij was getrouwd met de vrouw die hij altijd al had willen hebben en die hij zover had gekregen met hem te trouwen ondanks het feit dat hij bij de politie zat, hij had net zo lang gepraat tot hij haar overtuigd had, want ze had een hekel aan politieagenten, maar uiteindelijk was ze dan toch gezwicht, ze had gezien dat hij net als andere jongens was en nadat ze getrouwd waren hadden ze een huisje in Pocitos gekocht met een lening van het steunfonds van de politie, maar dat kwam nu allemaal in gevaar omdat zijn wond door koudvuur zou worden aangetast, hij zag zichzelf al met een geamputeerd been, zich voortslepend op krukken, zijn rechterbroekspijp ter hoogte van de knie dubbelgevouwen en vastgemaakt met een veiligheidsspeld, en toen ging er een koude rilling door hem heen en sloot hij zijn ogen.

Binnen zat Mereles op de grond, met zijn rug tegen de muur en een natte zakdoek voor zijn neus en zijn mond gebonden om het effect tegen te gaan van de resten van het traangas die nog in de kamer hingen, en el Nene bevond zich aan de andere kant, tegen de muur van de badkamer. Hij zat ook op de grond en had zijn machinepistool naast zich neergelegd, omdat wapens heet worden bij aanhoudend gebruik en je je handpalmen eraan kunt branden. Dit en het gevoel dat hij een harde stomp in zijn maag had gekregen was het enige wat hij nu voelde, zei el Nene. Dit en een gevoel van verbazing als hij aan het donkere meisje uit Río Negro dacht, aan dat lieve onschuldige kind. Zou zij het zijn geweest?

'Denk jij dat ze me gevolgd zijn …'

'Ga je daarover nu niet opwinden. We konden toch nergens heen … Wat een kloteland, met dat formaat van een vloertegel, waar moet je je in godsnaam verbergen. Ik heb tegen Malito gezegd dat we in Buenos Aires moesten blijven, daar hebben we wel duizend stekkies. Maar hier … hier zijn we de sigaar.'

'Misschien is Malito al naar de overkant … die heeft altijd geluk, en bovendien is hij koelbloedig, hij is een keer naar een politiebureau gegaan waarvan alle juten hem zochten, om aangifte te doen omdat een buurman de radio te hard had staan,' zegt Mereles lachend. 'Moet je zien hoe maf, hoe geniaal die is. Misschien lukt het hem wel om naar binnen te glippen en ons hier weg te krijgen.'

'Of samen met ons te sterven.'

'Waarom eigenlijk niet …'

'Als hij binnen weet te komen, dan weet hij ook naar buiten te komen …'

'In een houten kloffie,' zegt Dorda en hij neemt een slok whisky uit de fles.

Ze lachen. Ze denken niet verder dan tien seconden vooruit. Dat is het eerste wat je leert. Je moet niet denken aan wat er gebeurt, om verder te kunnen en niet verlamd van angst te raken moet je stap voor stap verder, kijken wat er op dat moment gaat gebeuren, één ding tegelijk. Nu in de keuken zien te komen en water halen. Oppassen dat ze je niet overhoopschieten als je door de gang loopt. Je nu naar dat raam slepen.

Ze bewegen zich door het appartement alsof er onzichtbare muren staan. De politie heeft speciale schutters opgesteld die alle vertrekken dekken en zij moeten zien uit te vinden hoe ze zichzelf kunnen verdedigen, ze hebben onmiddellijk in de gaten dat veel plekken in het appartement door kogels gedekt worden. Ze maken een schets met een potlood op de vloer, de Kraai en el Nene Brignone, ze trekken kogelbanen en zien dat ze niet dwars door de kamer kunnen maar langs de zijkanten moeten, als slaapwandelaars die zich tastend in de lucht zijwaarts door onzichtbare gangen bewegen om geen doelwit te vormen.

'Zie je?' zegt Mereles. 'Hier is een uitgang, dit is de trap.'

'Geef me dekking.'

Dorda blijft bij de deur staan en begint naar beneden te schieten, terwijl el Nene en de Kraai een uitweg zoeken via de trap naar het platte dak.

'Het barst boven van de juten.'

7

De titanenstrijd die bij het opstellen van dit bericht al vier uur aan de gang is, begon gisteravond rond 22.00 uur en tegen middernacht was er een gigantische politiemacht in stelling gebracht, waarbij driehonderd man waren ingezet om daken en omringende woningen te bezetten. Even na middernacht stormden de gangsters vanuit de woning de gang op, vanwaar ze in de richting van de straat en de naburige daken vuurden in een poging een vluchtweg te vinden. Na een zwaar vuurgevecht volgde een periode van relatieve rust. De pistool- en revolverschoten namen in hevigheid af.

Later werd nog een aantal appartementen in het gebouw geëvacueerd en de bewoners die niet weg hadden kunnen komen werden via de telefoon gewaarschuwd dat ze in vertrekken zonder ramen op de grond moesten gaan liggen. De politie was bang dat de gangsters zouden proberen aangrenzende woningen binnen te dringen en de bewoners zouden gijzelen.

In het halfduister zag men dodelijk verschrikte buren in nachtkleding met wat persoonlijke bezittingen onder de arm naar buiten komen. Sommigen van de door de journalisten geïnterviewde bewoners ontvouwden de wildste theorieën.

'Eerst dacht ik dat er brand was,' zei señor Magariños, met een zwarte overjas over zijn blauwe pyjama. 'Later dacht ik dat er een vliegtuig op het gebouw was neergestort.'

'Dat rare mens van de vierde,' zei señor Acuña, 'die heeft weer een zelfmoordpoging gedaan ...'

'Een neger is een woning op de eerste verdieping binnen gedrongen en houdt daar twee mensen gegijzeld.'

'De kinderen van de portier zijn dood, die arme kinderen, ik zag ze in de gang liggen.'

Gedurende de lange uren dat deze verslaggever de gebeurtenissen ter plekke versloeg, deden steeds weer dezelfde versies en verhalen de ronde. Men zei dat Malito erin geslaagd was uit het belegerde appartement te ontsnappen en met versterking terug zou komen, men zei dat een van de boeven gewond was. De tijd verstreek en de schotenwisselingen volgden elkaar op, in het holst van de nacht en in het witte licht van de schijnwerpers die de voorgevel en de halfgesloten ramen van het door de Argentijnen bezette appartement verlichtten.

Ingesloten, omsingeld, met tientallen revolvers en machinepistolen gericht op iedere opening en mogelijke vluchtweg, terwijl de kogels om hen heen fluiten en de uren verstrijken, weigeren de drie (of vier) gangsters zich over te geven en kiezen ervoor zich kansloos te blijven verdedigen. Van alle kanten wordt het vuur op hen geopend. Vanaf de daken wordt het ene raam van het appartement beschoten, vanaf de begane grond weer een ander en vanuit een aangrenzende woning de voordeur van nr. 9.

Het is een strijd op leven en dood. Het appartement is volledig omsingeld en de gangsters zullen indien nodig worden uitgehongerd, al heeft de politie het water (en het licht) nog niet afgesloten om de overgebleven bewoners niet te treffen. Het schieten gaat met tussenpozen door en nieuwsgierigen schuilen op de drempels van de huizen voor de aanhoudende motregen en worden daar door televisieverslaggevers geïnterviewd.

'Dit is zelfmoord, het is duidelijk dat ze zich niet gevangen laten nemen.'

'Dat begrijp ik heel goed. Wie ooit in de gevangenis heeft gezeten wil nooit meer opgesloten worden.'

'Ze hebben daar al het geld en ze zullen gaan onderhandelen.'

De veronderstellingen en vragen volgen elkaar in snel tempo op. Ondertussen duurt de belegering voort. Het hele blok is omsingeld, niemand mag het gebied in of uit, dranghekken maken de buurt tot een eiland. Men heeft de recente beelden van Vietnam in het hoofd. Maar ditmaal speelt de strijd zich af in een woning in de stad en handelt het belegerde peloton als een groep oud-strijders die met oorlogstuig zijn uitgerust en hun vrijheid tot het einde toe zullen bevechten.

Volgens schattingen van de politie hebben de gangsters van vrijdagavond 22.00 uur tot zaterdagochtend 2.00 uur meer dan vijfhonderd schoten gelost, om goed duidelijk te maken dat ze over een waar arsenaal beschikten. Het extreem snelle halfautomatische PAM-machinepistool liet om de paar minuten zijn geratel horen, gevolgd of voorafgegaan door andere schoten, door de knal van een .45 kaliber en mogelijk ook van Luger-pistolen, wat zeer doelmatige krijgswapenen zijn.

Op een gegeven moment hoorde men zelfs een van de gangsters roepen dat hij een demonstratie ging geven van wat ze allemaal in huis hadden. Meteen daarop volgde het geratel van een machinepistool met twaalf kogels, waarvan het geknal duidelijk aantoonde dat het om munitie van zwaar kaliber ging.

Op grond van de snelheid waarmee de salvo's die de boeven afvuurden op elkaar volgden, concludeerde de politiechef van het District Noord van de provincie Buenos Aires, commissaris Silva, dat het Falcon-machinepistolen moesten zijn die ongetwijfeld van het Argentijnse leger gestolen waren. Men diende niet te vergeten dat een van de bendeleden (naar werd aangenomen) onderofficier in het leger was geweest, en dat verklaarde ook waarom de gangsters over zulke krachtige wapens beschikten en de politie op afstand hadden weten te houden.

Het wekte verbazing dat deze verschrikkelijke bandieten een dergelijk arsenaal in hun bezit hadden en de politie vroeg zich af hoe ze dat het land hadden binnen gekregen en hoe ze zich met dergelijke wapens en duizenden projectielen van de ene plek naar de andere in de stad hadden kunnen verplaatsen.

Een ander opvallend feit met betrekking tot de vastberadenheid van de gangsters was dat er vanuit een raam van appartement nr. 8 via de luchtkoker traangasgranaten appartement nr. 9 in waren geschoten zonder dat de boeven, zoals de verwachting was, naar buiten waren gekomen. Men ging er dus van uit dat ze over gasmaskers beschikten, waardoor ze deze maatregel die bijna nooit faalt hadden kunnen weerstaan. Of anders moesten de Argentijnen wel uitzonderlijk taai zijn, dat ze midden in die hel van gas onverzettelijk bleven en het bevel om zich over te geven en hun leven te redden naast zich neerlegden.

Ze hadden geen hoop meer, ze wilden alleen maar weerstand bieden.

'Waarom komen jullie ons hier niet halen?'

Hun moed, dacht de verslaggever van *El Mundo*, die post had gevat tegenover de ingang van het belegerde gebouw maar zich nu om de hoek terugtrok en het flitslicht op zijn fototoestel draaide om foto's van het strijdtafereel te nemen, is recht evenredig aan hun bereidheid om te sterven. De politie handelt altijd in de overtuiging dat gangsters zich net zo zullen gedragen als zijzelf, dus dat gangsters op dezelfde onevenwichtige manier beslissingen nemen en op dezelfde onbezonnen manier te werk gaan als iedere gewone man die ze een uniform aantrekken en een dodelijk wapen geven en de macht om dat te gebruiken. Maar er is een gigantisch verschil, de een vecht om te winnen en de ander vecht om niet verslagen te worden.

Na wat foto's te hebben genomen trok hij zich weer om de hoek terug en maakte leunend op een bank, bij het licht van de straatlantaarn, snel wat aantekeningen in zijn notitieboekje.

Het was onbegrijpelijk hoe de gangsters het daar opgesloten in die woning met zo'n grote hoeveelheid traangas konden uithouden, terwijl de mensen die zich bij de noordelijke hoek van het gebouw bevonden, vanwaar de aanval geopend was, de wolk die door de wind werd meegevoerd niet konden verdragen. Experts meenden dat de Argentijnse gangsters gasmaskers hadden (of hadden gemaakt) en een van hen beweerde zelfs Dorda te hebben gezien die, met zuurstofslangen en een veiligheidsbril die zijn gezicht deels bedekte, gedurende één eindeloos lang moment als een monstrueus insect voor het raam was komen staan en een salvo had gelost alvorens met een stem die van de zeebodem leek te komen te schreeuwen: 'Waarom komen jullie ons hier niet halen, ellendelingen, waar wachten jullie nog op?'

Zelfs de jeugdige verslaggever van *El Mundo* had haast bij toeval, als een soort momentopname, de gangster met een door een ingewikkeld gasmasker bedekt gezicht gezien.

In werkelijkheid werden ze misselijk door het gebrek aan zuurstof, alsof ze hoogteziekte hadden, alsof door het gebrek aan frisse lucht hun hersenen niet goed doorbloed werden en zij daardoor tot nog wanhopiger acties overgingen. De Blonde Gaucho was daarnet half-naakt uit het raam gaan hangen om te proberen de lampen van de straatlantaarns en de zoeklichten van de politieauto's kapot te schieten, waarbij zijn lichaam duidelijk zichtbaar was vanaf de straat. Maar dat leek hem niet te deren, het leek alsof hij maar met één ding bezig was en dat was een beetje frisse lucht inademen.

Gas heeft echter de neiging om op te stijgen naar het plafond. Daardoor kun je je onder in de kamer, dicht bij de grond, kruipend voortbewegen en vrij makkelijk ademhalen. Om de lucht te verhitten en het traangas naar boven te drijven had el Nene de matrassen van de bedden gehaald en ze op de glazen tafel gelegd en aangestoken. De vlammen gaven de ruimte een helse aanblik en de rook steeg op en kleurde het plafond en de muren zwart. Op hun rug liggend op de vloer konden ze rustig ademhalen, terwijl de vervuilde lucht als een wolk boven hun hoofden, een meter daarvandaan, bleef hangen. Zo konden ze gedurende de nacht de gasaanvallen doorstaan die met steeds grotere tussenpozen kwamen, want de politie begon in te zien dat deze tactiek geen vruchten afwierp.

Men scheen tot het inzicht te komen dat het gas het

verzet van de boeven alleen maar aanwakkerde, in plaats van het te breken. Tussen het gefluit van kogels en het onophoudelijk geratel van machinepistolen kon je ze duidelijk horen schelden. De weerstand van de gewapende mannen werd door experts van de politie ook toegeschreven aan gunstige luchtstromen in het appartement dankzij de twee ramen die uitkwamen op verschillende luchtkokers; door deze corridor werd verse lucht aangevoerd en de vervuilde lucht naar buiten gedreven en daarom was de uitwerking van het gas in werkelijkheid alleen voelbaar voor de agenten en nieuwsgierigen buiten.

Op een gegeven moment werd er besloten om handgranaten in te zetten, maar men vreesde voor het leven van de mensen die nog in het gebouw gevangenzaten, aangezien een aantal appartementen dat zich in de vuurlinie van de boeven bevond niet geëvacueerd had kunnen worden en men de hele nacht de bewoners door de ramen hartverscheurend hoorde jammeren en om hulp roepen. Want te midden van het keiharde geknal lagen deze mensen samen met hun kinderen roerloos op de grond, in de hoop dat de politie een reddingspoging zou ondernemen, en zij leken bijna evenveel risico te lopen als de misdadigers.

'In zekere zin,' verklaarde Silva, zijn gezicht grauw van moeheid, het witte litteken nog witter in de ijskoude huid van zijn gezicht, 'houden de gangsters iedereen in het gebouw in gijzeling. En dat beperkt ons in onze bewegingen. We moeten goed nadenken wat we moeten doen om geen onschuldige levens in gevaar te brengen. Dat verklaart ook,' legde hij uit, 'waarom deze zuiveringsactie langer duurt dan de tijd die normaal gesproken nodig is om vier criminelen in te rekenen.'

Later in de nacht deden de schutters opnieuw een poging om via de gang te ontsnappen. Vandaar schoten ze in de richting van de straat en naar naburige daken, op zoek naar een vluchtweg. Na een hevig vuurgevecht volgde een periode van betrekkelijke rust.

'Ik had nooit gedacht dat we in zo'n val zouden belanden en als honden opgesloten zouden eindigen.'

Van wie was die stem? Er was een transistor geplaatst en een radiotelegrafist van de geheime dienst probeerde met een koptelefoon op te volgen wat er in het belegerde appartement gebeurde. Maar het geluid viel voortdurend weg of het werd gestoord of overstemd door een verwarrende serie signalen die uit het hele gebouw kwamen: een krankzinnige en gekwelde veelheid van gekerm en gevloek waar de fantasie van Roque Pérez (de radiotelegrafist) mee speelde en op vastliep. Het waren kreten van verloren zielen in de vlammen van de hel, dolende zielen in de concentrische cirkels van Dantes *Inferno*, want ze waren al dood, en zij waren het die door te praten hun stemmen vanuit het hiernamaals lieten klinken, de verdoemden, zij die geen hoop meer hebben. In wat voor gekras veranderen hun stemmen? vroeg de radiotelegrafist zich af. En toen hij zich goed concentreerde, onderscheidde hij scherp gekraak, schoten en geschreeuw, en ook woorden in een verloren taal. Een hond zat opgesloten in de slaapkamer van het aangrenzende appartement en blafte aan één stuk door. Een jungle vol geluiden twee centimeter van zijn trommelvliezen vandaan en in die jungle was zwak en ijl, als een vezel van de waanzin, het geluid te horen van de klarinet uit een dansorkest, vanuit de radio in een van de appartementen, op een niet te lokaliseren plek. En daarnaast het geluid van stemmen, als dof gemurmel van woorden die opgingen in het geraas van de nacht.

De persoon die naar de gesprekken luisterde, Roque Pérez, de radiotelegrafist van de politie, met een koptelefoon op zijn hoofd en zijn vingers aan de knoppen om het volume zachter te zetten, de ruis te onderdrukken en de gesprekken helder en duidelijk te ontvangen, daar opgesloten in de geluiddichte ruimte vlak bij de trap, deed er een hele tijd over om de stemmen die uit het belegerde appartement kwamen te isoleren en op te nemen. Er waren twee microfoons aangebracht, maar een van de twee leek door kogels te zijn geraakt en zond klarinetmuziek uit, alsof hij was aangesloten op een radio ergens ver weg in de stad. Pérez probeerde de stemmen te identificeren en erachter te komen wie wie was, met zijn hoevelen ze waren. De verwachting was (dat had Silva hem gezegd) dat een van de boeven de druk niet aan zou kunnen, zou gaan twijfelen en zich over zou willen geven, ze verwachtten dat er spoedig onenigheid tussen de gangsters zou komen en een van hen bewerkt kon worden door hem een voorkeursbehandeling aan te bieden, om voor elkaar te krijgen dat hij zich zou overgeven en de anderen zou verraden. Er was er een bij die aan één stuk door praatte, in zichzelf mompelde, bijna in de microfoon, hij moest zich bij de muur en in de buurt van de radiator bevinden want daar vlakbij was de microfoon verborgen, en Roque Pérez wist niet wie het was maar hij noemde hem Nummer Een (het was Dorda).

'Ikke,' vertelde Nummer Een nu, 'ik heb de laatste jaren dat ik voorwaardelijk vrij was en weer in Cañuelas woonde, niet meer thuis maar in een schuur, distelvinken gehouden in een grote kooi en elke ochtend liet

153

ik er een vrij. Ik vroeg me af of die vogels nou zouden weten dat als het licht werd een van hen zou worden vrijgelaten, ik vroeg me af of die vogeltjes in hun ogen wel plek hebben om herinneringen op te slaan, want die zijn zo klein als speldenknopjes. Zo'n vinkje zingt en dan wordt het nacht, en 's ochtends komt er een hand de kooi in en die laat hem vrij. Ik vroeg me nou af of die andere, laten we zeggen broertje vink, of die dat dan doorheeft en denkt: nu ga ik de hele dag zingen, als het nacht wordt ga ik even slapen en als de zon opkomt verschijnt er een hand die me uit deze kooi haalt en me laat wegvliegen.' Er viel een lange pauze of er was een storing. 'Zo zitten wij mensen ook opgesloten, we hebben altijd de hoop dat met de zon iets goeds zal komen.'

'Maar dat is niet altijd zo.'

'Nee, dat is niet altijd zo ... nee. Wil je? Ik heb nog. Gelukkig maar, hè, dat er nog is, dat ik die stoned en wel nog even in de haven heb gekocht van de smokkelaar die ons hierheen heeft gebracht, hij had anderhalve kilo van de beste kwaliteit, ik dacht: liever te veel dan te weinig.'

Ze hadden het over van alles en nog wat, zelfs over distelvinken, ze waren high, in hoger sferen. Maar dat interesseerde hem (Roque Pérez) op dat moment niet, het ging hem niet om de inhoud van de gesprekken maar om de toon, het verschil tussen hun stemmen, de klank, de ademhaling, om ieder van hen te kunnen herkennen.

'Wie zegt dat als straks de zon opgaat Malito niet komt opdagen en ons hier uithaalt, Gaucho.'

Dus Nummer Twee is niet de Kraai, noteerde Roque Pérez, de Kraai is Nummer Drie of Nummer Een.

En degene die praat is Nummer Twee (dat was el Nene Brignone, Nummer Twee).

'Een marmeren plaat op het graf van wijlen mijn vader, ik moest de vinken verkopen om die steen te kunnen betalen, hij lag in de grond zonder iets, met alleen een hekje van prikkeldraad eromheen, mijn moeder heeft die plaat daar gebracht, we hadden een lapje grond aan de spoordijk, in de buurt van het station van Cañuelas waar de begraafplaats eindigt, dat is het treurigste wat er bestaat, als er steeds minder graven zijn en er al hutten staan van mensen die daar wonen, tussen de doden.'

Ze raaskallen maar wat, dacht Roque Pérez. Een hoop drugs, een hope dope, ouwe junks zijn het. Ze snuiven zich suf aan coke, gebruiken van alles en nog wat, zo kan iedereen zich staande houden, zei Roque Pérez, ze doen zo stoer omdat ze helemaal stijf staan van de whisky en de amfetamine. Hij had medicijnen gestudeerd, Pérez, maar hij was bij de politie gegaan omdat hij gegrepen was door de radiotelefonie, hij was bezeten van radio en specialiseerde zich op het gebied van de afluister- en opnametechnieken, en nu zat hij daar opgesloten in dat kamertje en ontwarde telefoongesprekken, nutteloze dialogen, om onbeduidende smokkelaars, corrupte agenten of onbuigzame politici te lokaliseren, kleine zaken, maar nu, sinds vrijdagavond, had hij zijn grote kans: in het geheim rechtstreeks uitzenden wat er in het door de Montevideaanse politie belegerde appartement nr. 9 gebeurde. Stemmen, gekerm, gekraak, met tussenpozen geroep om hulp, losse opmerkingen. Op dat moment bijvoorbeeld Nummer Twee.

'De begrafenis zal dinsdag zijn, je wordt altijd drie

dagen na je dood begraven, voor het geval je weer opstaat, net als die mummie die weer tot leven kwam, weet je die mummie nog die helemaal in het verband uit die graftombe kwam …'

'Maar je kunt bijvoorbeeld ook onder de badkuip gaan liggen. Als ze je dan komen zoeken, kunnen ze je niet vinden …'

'Moet je zien, dat ding werkt niet goed,' de spreker stampt op de vloer en het beeld op de televisie herstelt zich weer, 'maar het barst hier wel van de journalisten … Als je je overgeeft, kunnen ze je niet doden.'

'Ze doden je toch, oen,' zegt Nummer Twee. 'Ze knallen je hier neer en brengen je dood naar buiten, hoeveel journalisten er ook staan … ze heulen allemaal met de politie, die journalisten zijn allemaal verklikkers …'

Het beklemmende wachten duurt steeds langer. Vermoeidheid slaat toe bij de agenten. Er wordt niet meer zo hevig geschoten. Er zijn perioden van wel vijftien tot twintig minuten waarin geen schot wordt gelost. Dan klinken er weer een paar schoten van schutters die op de begane grond of op het platte dak van het gebouw staan opgesteld, waarop de gangsters met een salvo reageren.

En tot ieders verbazing schalt er ineens in zo'n pauze de stem van een van de criminelen beneden door de intercom die zegt: 'De groeten aan commissaris Silva. Silva! Ben je daar, schat, slapzeiker, beul, kom dan boven, Silva … Waarom komen jullie niet een partijtje met ons dobbelen? Wie wint mag naar buiten en wie verliest gaat eraan. Er zit een half miljoen in de bank, die kun je met één worp winnen. Heb je me gehoord?' Ze zitten inderdaad te dobbelen, je kunt de marmeren stenen in een leren beker horen rammelen.

'Hou toch op met dat gelul. Wie spreekt daar? Hier is Silva,' zegt Silva kalm, met zijn troebele indianenstem, aangetast door alcohol en tijdens verhoren gerookte sigaretten om een zakkenroller, een hoer, een arme gokbaas murw te krijgen, altijd hetzelfde liedje, jaar in jaar uit, arrestanten die op een stoel vastgebonden zitten hard in hun maag stompen, met snerpende stem op hen inpraten, alsof je een naald in het oor van een zombie boort omdat hij weigert te zeggen wat je wilt horen. 'Waarom komen jullie niet naar beneden, wie praat daar, ben jij dat, Malito, kom naar beneden dan regelen we het allemaal als mannen onder mekaar, we sluiten een deal in aanwezigheid van de rechter, ik beloof je dat ik je niet zal aanklagen wegens gewapend verzet.'

'Maar waarom kom jij niet naar boven? Schiet op, man, je dochter wordt in d'r reet geneukt en jij staat hier als een idioot, ze hebben haar in de badkamer van een smoezelig hotel, een magere kerel met een pik zo groot als een arm, en zij maar gillen van genot en schijten als ze klaarkomt.'

Zo praatten ze, vuiler en harder in hun taal nog dan de agenten, die toch heel wat ervaring hadden in het bedenken van beledigingen om gevangenen te vernederen en tot vormeloze poppen te reduceren. Zware jongens, van het allerzwaarste soort, die op de grill doorsloegen, die zich uiteindelijk gewonnen gaven nadat Silva hen urenlang beledigd en gemarteld had om hen aan het praten te krijgen. De dode resten van woorden die mannen en vrouwen in slaapkamers en bij het zakendoen en in openbare toiletten gebruiken, want agenten en boeven (denkt Renzi) zijn de enigen die woorden tot leven weten te brengen, er naalden van weten te maken die diep in je vlees worden gestoken en je geest kapotmaken, als een ei dat op de rand van een pan kapot wordt geslagen.

'Het gaat niet om het geld,' zegt Nummer Twee, en Pérez neemt het gesprek op en voelt zich ongemakkelijk, zoals wanneer je ongewild een bekentenis afluistert die ook jouzelf aangaat, want net als Pérez luistert iedereen met rode oren naar wat Nummer Twee tegen Silva zegt: 'Als je naar boven komt geef ik je het geld, klootzak, je kunt hier komen en weer weggaan zonder dat ik je met een vinger zal aanraken, maar als je ons hieruit wilt krijgen zul je moeten zweten. Met wie denk je dat je te maken hebt? Ja, jij, Silva, waar wacht je nog op? Kom dan naar boven, kom dan hier, je bent gewend om boefjes in elkaar te slaan als ze zijn vastgebonden, maar tegenover een gewapende man, een man met ballen, zit je 'm te knijpen, Silva.'

Het gesprek ging maar door, alsof het een onderdeel was van de strijd. Mensen luisterden ademloos toe, gefascineerd door wat ze hoorden, terwijl Silva de dialoog gaande probeerde te houden zodat Pérez de stemmen kon registreren en de gangsters een voor een kon lokaliseren, daarom was Silva erop uit de ander (el Nene) via de intercom aan het lijntje te houden. En die stem van een gigolo, van een crimineel, van een krankzinnige, kroop langs de muren en bereikte het oor van degenen die in de motregen samendromden voor de deur van het belegerde gebouw.

Om ongeveer 3.30 uur werd het gesprek dat de autoriteiten via de intercom met de gangsters voerden onderbroken en klonk er ineens luid geschreeuw van de boeven, die vol zinloze bravoure aankondigden dat ze naar buiten zouden komen en weleens een stelletje vuile honden koud zouden maken. En tot op zekere hoogte maakten ze dit dreigement ook waar, want naar zou blijken wist een van hen – beschermd door de in de gang heersende duisternis – tot halverwege de trap te komen en met een machinepistool een hevig salvo in de richting van de straat te lossen.

Men dacht dat de boeven inderdaad naar buiten kwamen, waardoor het schieten in volle hevigheid werd hervat en er een waar gordijn van lood over de ingang van het gebouw werd gelegd. Hierop volgde een wanhopig moment, waarin degenen die zich in de hal bevonden in de richting van de straat renden. Er bleef echter één man op de grond liggen, hevig bloedend uit vier schotwonden. Het was commissaris Washington Santana Cabris De Léon, hoofd van de Uruguayaanse politie. Een paar minuten lang bleef hij liggen waar hij was neergevallen, aangezien de plek door kogels van de misdadigers werd bestookt.

'Je bent er geweest, lul ... Waarom komen jullie hem niet halen, stelletje schijtluizen.'

Gaucho Dorda liep halfnaakt de gang in en terwijl de kogels om zijn oren floten, zette hij zijn wapen op de keel van de man en maakte hem af met een schot in zijn mond. De politiechef en de krankzinnige, perverse, psychotische, criminele recidivist Dorda (aldus een politiewoordvoerder) keken elkaar een eeuwigheid aan en toen gaf de Blonde Gaucho de man een knipoog en schoot hem lachend dood.

'Ga jij maar dood, stuk stront,' zei Dorda en hij sprong achteruit.

Het gezicht van de commissaris werd weggevaagd door de kogels, alsof die vanuit zijn mond naar buiten waren afgevuurd en één groot bloederig gat hadden achtergelaten (zo zei een getuige).

Toen men van de eerste schrik bekomen was, werd de commissaris daar weggehaald en in een patrouillewagen afgevoerd naar een ziekenhuis, waar hij bij aankomst bleek te zijn overleden.

De tactiek van Malito's bende, hun tragische glans (schreef Renzi later in zijn verslag op de politiepagina in *El Mundo*), werd in essentie gevoed door de overtuiging dat iedere overwinning die onder dergelijke onmogelijke omstandigheden werd behaald hun weerstandsvermogen vergrootte, hen nog vlugger en sterker maakte. Daarom gebeurde het onvermijdelijke, het tragische ceremonieel dat eenieder die daar die nacht aanwezig was nooit zal vergeten.

Eerst kwam er witte rook uit het badkamerraampje, dat als een oog daar hoog in de muur van het gebouw openstond. Een kleine witte rookkolom tegen het wit van de nevel.

'Geld verbranden is slecht, het is een zonde. *È peccato,*' zei Dorda in het badkamertje, waar hij zijn peppillen slikte, met een briefje van duizend in zijn ene hand en in zijn andere een Ronson-aansteker die hij van de een of andere flikker had gejat. Hij hield de vlam bij het biljet en stak het in de fik, keek toen in de spiegel en begon te lachen. In de deuropening stond el Nene, die zwijgend toekeek.

'Moet je nagaan: om zo'n briefje te verdienen moet een nachtwaker' – nachtwakers doen het altijd goed, die kennen ze, er loopt er altijd wel een langs als ze net via een raampje een loods in klimmen, staat daar ineens zo'n vent met een wezenloos gezicht – 'bijvoorbeeld twee weken werken … en een kassier bij de bank doet er, afhankelijk van zijn dienstjaren, misschien wel een maand over om zo'n briefje te krijgen, en dan moet hij ook nog eens zijn hele leven andermans geld tellen.'

Nee, dan zij, zij telden stapels en stapels van hun eigen geld. Als je Actemin-pillen fijnstampte en oploste in een flesje Calcigenol, kreeg je een soort melk en hadden die pillen een andere smaak. Het geld lag in het bad, de wasbak was om het te verbranden. El Nene lachte. Dorda ook, maar een beetje bang dat el Nene hem voor de gek hield.

Op een gegeven moment werd duidelijk dat de criminelen vijf miljoen peso aan het verbranden waren. Dat was wat ze overhadden van de overval op het gemeentehuis van San Fernando, waar ze zoals bekend zeven miljoen peso buit hadden gemaakt.

Ze begonnen brandende briefjes van duizend uit het raam te gooien. Vanuit het klapraam in de keuken lieten ze het brandende geld naar de hoek van de straat dwarrelen. Het leken wel vlinders van licht, die brandende bankbiljetten.

Er ging een golf van verontwaardiging door de menigte.

'Ze zijn het aan het verbranden.'

'Ze zijn het geld aan het verbranden.'

Als geld de enige rechtvaardiging was voor de moorden die ze hadden gepleegd en als ze alles wat ze hadden gedaan alleen voor het geld hadden gedaan en dat geld nu verbrandden, dan wilde dat zeggen dat ze geen moraal en geen motief hadden, dat ze handelden en moordden naar willekeur, voor de lol, uit pure slechtheid, dat het geboren moordenaars waren, keiharde, gewetenloze misdadigers. De burgers die het tafereel aanschouwden slaakten kreten van afschuw en verontwaardiging, als bij een heksensabbat in de middeleeuwen (aldus de kranten), ze vonden het onverteerbaar dat voor hun ogen ongeveer vijfhonderdduizend dollar in vlammen opging, in een actie die de stad en het hele land met ontzetting vervulde en die precies vijftien eindeloos lange minuten duurde, namelijk de tijd die nodig is om deze astronomische hoeveelheid geld te verbranden, deze bankbiljetten die buiten de wil van de autoriteiten om vernietigd werden op een blikken plaatje dat in Uruguay *patona* wordt genoemd en gebruikt wordt om het vuur in de barbecue op te rakelen. Op zo'n plaatje waren ze het geld aan het verbranden en de politie stond erbij en keek ernaar, verbijsterd, want wat konden ze doen tegen criminelen die tot zoiets in staat waren. In hun verontwaardiging dachten de mensen onmiddellijk aan de armen en behoeftigen, aan de bewoners van het Uruguayaanse platteland die in armzalige omstandigheden leefden en aan de weeskinderen die met dat geld verzekerd hadden kunnen zijn van een goede toekomst.

Als ze ook maar één weeskind hadden gered, zouden die idioten het verdienen om in leven te blijven, zei een dame, maar het zijn slechteriken, ze zijn door en door slecht. Het zijn beesten, zeiden getuigen tegen de journalisten. En de televisie filmde de brandende biljetten en zond de hele dag een herhaling uit van het ritueel, dat door tv-verslaggever Jorge Foister een daad van kannibalisme werd genoemd.

'Onschuldig geld verbranden is een daad van kannibalisme.'

Als ze dat geld hadden weggegeven, als ze het uit het raam hadden gegooid naar de menigte op straat, als ze met de politie hadden afgesproken dat het geld aan een liefdadigheidsinstelling zou worden geschonken, zou het allemaal anders voor hen zijn gelopen.

'Als ze die miljoenen bijvoorbeeld hadden weggegeven voor het verbeteren van de omstandigheden in de gevangenissen waarin ze zelf zullen worden opgesloten …'

Maar iedereen begreep dat deze daad een oorlogsverklaring was, een frontale en rechtstreekse aanval op de hele maatschappij.

'Ze zouden opgehangen moeten worden.'

'Ze zouden langzaam geroosterd moeten worden.'

De gedachte ontstond nu dat geld onschuldig is, zelfs als het door moord en misdaad is verkregen, dat het niet als schuldig moet worden gezien maar als neutraal, als een symbool dat afhankelijk van het gebruik zijn nut krijgt.

En ook de gedachte dat het verbranden van geld een bewijs is van moorddadige waanzin. Alleen gestoorde moordenaars en immorele beesten kunnen zo cynisch en zo misdadig zijn dat ze vijfhonderdduizend dollar verbranden. Deze daad was (aldus de kranten) erger dan alle misdaden die ze hadden begaan, omdat het een nihilistische daad was en een voorbeeld van zuiver terrorisme.

In het tijdschrift *Marcha* verklaarde de Uruguayaanse filosoof Washington Andrada daarentegen dat hij deze verschrikkelijke daad zag als een soort onschuldige *potlatch* in een maatschappij waarin men dit ritueel niet meer kent, een op zichzelf staande en zinloze daad, een gebaar van pure verspilling en verkwisting dat in andere samenlevingen als offer aan de goden werd gemaakt, omdat alleen het allerwaardevolste geofferd diende te worden en er bij ons niets waardevollers is dan geld, verkondigde professor Andrada, en onmiddellijk daarop moest hij voor de rechter verschijnen.

De manier waarop ze het geld verbrandden was het beste bewijs voor hun kwade inborst, want ze lieten duidelijk zien hoe ze briefjes van honderd aanstaken, een voor een. En de briefjes van honderd brandden als vlinders waarvan de vleugels door een kaars in vlam worden gezet en nog een secondelang slaan, één eindeloos moment lang bleven ze door de lucht zweven en dan doofden ze uit.

En na die eindeloze minuten waarin men de bankbiljetten als vuurvogels zag branden, bleef er alleen een hoopje as over, als bij een crematie, de as van de waarden binnen onze maatschappij (zo formuleerde een van de getuigen op de televisie het), een prachtige kolom van blauwe as die uit het raam dwarrelde als motregen van de verbrande resten van de doden, as die over oceanen, bergen of bossen wordt uitgestrooid maar die nooit op de smerige straten van de stad, nooit op de straatstenen van de betonnen jungle mag neerzweven.

Meteen na deze daad die iedereen verlamd had, kwam de politie weer in actie en reageerde met een keihard offensief, alsof de tijd waarin de nihilisten (zoals ze nu in de pers werden genoemd) hun blinde ritueel voltooiden hen geestelijk had voorbereid en verblind had van woede, zodat ze klaar waren voor de uiteindelijke slachting.

8

Moe van het geven van zinloze bevelen zweeg commissaris Silva nu al enige tijd. Hij bevond zich in de commandopost, gekleed in zijn witte regenjas, en stond wat afzijdig in zijn eentje een sigaret te roken. Hij keek naar de donkere ramen van het appartement en zag de vage silhouetten van de boeven die daarboven nog steeds standhielden. Ze moesten worden doodgeschoten, zodat ze niet konden gaan praten. Waarover? Waren er afspraken gemaakt? Is het waar, commissaris – de verslaggever van *El Mundo* noteerde de vragen in zijn notitieboekje – dat de vlucht van de daders uit San Fernando, zoals wordt beweerd, door mensen van de politie zou zijn geregeld in ruil voor een deel van de buit?

Hij was verantwoordelijk voor het feit dat de Argentijnen waren ontsnapt en nu zou iedere Uruguayaanse agent die omkwam hem persoonlijk worden aangerekend. De jongeman die politieverslagen voor *El Mundo* schreef observeerde hem vanaf het midden van de straat. Dat gezicht met het litteken, de dode glans in de ogen, waarin ongeluk, eenzaamheid en het kwaad schitterden. Hij zag een glimp van onrust in Silva's blik, maar die was snel weer verdwenen. De commissaris had heel even zijn vingertoppen tegen zijn ogen gedrukt en meteen daarna zijn blik gericht op de schijnwerpers die de voorgevel van het gebouw verlichtten. Het kille gebaar van een harde kerel, iets te snel om niet echt te zijn (aldus Renzi) en toch te bewust om helemaal natuurlijk te zijn. Hoeveel jaar en hoeveel innerlijke strijd had het perfectioneren van dit soort quasigespannen gebaren hem gekost?

Vanaf de straat keek de verslaggever naar Silva's kwetsbare gezicht, dat op een Japans masker leek. Naar zijn kleine handen, 'vrouwenhanden', in de linker het op scherp gestelde pistool naar de grond gericht, als een haak of prothese die een onvolledig lichaam compleet maakt. Gewapend kon hij een pose aannemen, kon hij de journalisten die nu om hem heen dromden aan en samen met hem naar het half geopende raam van de schuilplaats kijken. De jongeman van *El Mundo* maakte aantekeningen van de verklaring die Silva was begonnen af te leggen.

'Ze zijn geestelijk gestoord.'

'Het doden van geestelijk gestoorden wordt door de pers nooit zo gewaardeerd,' zei de verslaggever ironisch. 'Die moet je naar een inrichting brengen, niet doodschieten …'

Silva wierp een vermoeide blik op Renzi. Weer die brutale knaap met zijn brilletje en zijn krullenkop, met zijn onnozele gezicht, die geen weet had van de werkelijke wereld en het gevaar van de situatie, die zich gedroeg als iemand van een vreemde planeet, een advocaat of het kleine broertje van een arrestant, dat zich beklaagt over de behandeling die criminelen op het politiebureau krijgen.

'En het doden van gezonde mensen wordt wel gewaardeerd?' vroeg Silva op de lusteloze toon van iemand die dingen moet uitleggen die voor iedereen duidelijk zijn.

'Jullie hebben aangeboden te onderhandelen?'

'Wie kan er met deze criminelen onderhandelen? Jij bent toch ook de hele nacht hier geweest?'

'De politie is bang geworden,' zei iemand.

'En terecht. We gaan het appartement niet binnen, we willen geen martelaren …' zei Silva. 'Ook al moeten we een week wachten, dan gaan we dat rustig doen. Deze heren zijn psychopaten, homoseksuelen …' hierbij keek hij Renzi aan, 'psychiatrische gevallen, menselijk uitschot.'

Ze zijn kil, kennen geen mededogen, zijn dood (dacht Silva), het zijn levende lijken en ze willen alleen maar weten hoevelen van ons ze met zich mee kunnen nemen. Ze vormen een leger in het klein. Adrenaline helpt hen hun angst te overwinnen. Ze staan stijf van de drugs, het zijn moordmachines. Ze willen zien tot hoever ze kunnen gaan, ze zullen zich nooit overgeven, ze willen dat wij op onze bek gaan. Zij zijn niet bang voor gevaar, ze hebben de dood in hun bloed, al vanaf hun vijftiende jaar vermoorden ze onschuldige mensen op straat, het zijn kinderen van alcoholisten en syfilislijders, gefrustreerde idioten, voer voor psychiaters, waanzinnige misdadigers, gevaarlijker dan een commando van beroepssoldaten of een roedel wolven die in een huis zijn gedreven.

'Dit is een oorlog,' verklaarde Silva. 'Dan moet je ook de regels van de oorlog hanteren. Ervoor zorgen dat de strijd niet ophoudt als er iemand sneuvelt. Als er een man sneuvelt, moet je doorgaan. Wat moet je anders? Overleven is de enige roem in een oorlog,' zei Silva. 'Ik hoop dat jullie begrijpen wat ik bedoel. We moeten gewoon afwachten.'

Intuïtief begreep Silva de manier van denken van de

mannen die zich in het appartement bevonden. Natuurlijk stond hij dichter bij hen dan bij deze weke journalisten, deze moederskindjes die heldhaftig probeerden te lijken, deze betweterige misbaksels.

'En u, wat doet u?' wendde commissaris Silva zich onverwachts tot Renzi.

'Ik ben correspondent van dagblad *El Mundo* uit Buenos Aires.'

'Dat zie ik, ja, maar daarnaast, wat doet u daarnaast? Bent u getrouwd, hebt u kinderen?'

Emilio Renzi deed een stap opzij, leunde met zijn lichaamsgewicht op zijn linkervoet en begon verbaasd te lachen.

'Nee, ik heb geen kinderen, ik woon alleen, in Hotel Almagro, op de hoek van Medrano en Rivadavia.' Hij zocht in de zakken van zijn jasje naar zijn papieren, alsof de politieman hem wilde arresteren. Hij was te ver gegaan, de man had hem waarschijnlijk al opgemerkt op de persconferentie in Buenos Aires. 'Ik ben student en verdien mijn brood als journalist, zoals u uw brood als politieman verdient, en dat ik vragen stel komt omdat ik een waarheidsgetrouw verslag van de gebeurtenissen wil schrijven.'

Silva keek hem geamuseerd aan, alsof de jongen een clown was, of niet helemaal goed bij zijn hoofd.

'Een waarheidsgetrouw verslag? Ik denk niet dat jij daar de kloten voor hebt,' zei Silva en toen liep hij weg naar de tent waar de Uruguayaanse politiestaf bezig was een aanvalsplan op te stellen.

Het was waar, de enige manier om de criminelen te breken was proberen te denken zoals zij, en Silva was ervan overtuigd dat de bendeleden, die als ratten in de val zaten, de held probeerden uit te hangen en zich drogeerden om maar niet in te storten.

Mereles bijvoorbeeld, alias de Kraai, Silva kende zijn strafblad, zag hem voor zich, die had altijd zomaar mensen vermoord, omdat hij het in zijn broek deed van angst, Mereles was geen kerel maar een bloeddorstige pop die vrouwen sloeg, er waren verschillende aanklachten ingediend door vrouwen met wie hij had samengewoond. Moed is als slapeloosheid, dacht Silva, je weet nooit welke zorgen zich in je hoofd zullen vastzetten en ervoor zullen zorgen dat je heldhaftig gaat optreden.

Ze keken natuurlijk voortdurend naar oorlogsfilms en nu speelden ze dat ze een zelfmoordcommando waren dat achter de linies vecht, op buitenlands grondgebied, verrast door de Russen in een flat in Oost-Berlijn, aan de andere kant van de Muur, omsingeld, vastbesloten stand te houden tot ze gered zouden worden, zo stelde hij zich hen voor, en Mereles jutte de boel op. Die had natuurlijk allerlei verhalen over pelotons die in vijandelijk gebied waren doorgedrongen en weer veilig weg waren gekomen. Tactieken om te overleven op eilanden in de Stille Oceaan, en een flat waar traangas onder het plafond hing en je de flanken gedekt moest houden, dat was nog mooier dan een bruggenhoofd in Vietnam.

'In *De landing op Iwo Jima*,' begon de Kraai ineens te kletsen, 'springen ze in een put en zo overleven ze een tankaanval …'

Dorda wilde een dutje doen en meende soms te dromen dat hij als jongetje door de velden struinde om hazen te vangen.

'En wat is *De landing op Iwo Jima* in godsnaam?'

De groep, zien te overleven, vervuiling, eenzaamheid,

isolement, dreigend gevaar, mannen die in een put vallen, in een hinderlaag belanden.

Soms was hun praten een vaag gemompel, ieder voor zich uit, en soms praatten ze met elkaar of schreeuwden ze elkaar iets toe, ongetwijfeld doodop, en met steeds kortere tussenpozen namen ze een shot, pieken van euforie die het bloed door hun aderen jaagde terwijl de nacht viel en de zon het water van de rivier in een bleke gloed zette, aan de andere kant van de stad.

'Als je er helemaal doorheen zit, geen cent meer te makken hebt, dan moet je gewoon doorgaan. Dat is het enige devies.' Dit was Nummer Twee aan het woord.

'Ingesloten en met je rug tegen de muur gluur je alleen af en toe even naar buiten en voel je dat nadenken totaal geen zin heeft, waar zou je over na moeten denken als je toch geen uitweg ziet, ook al pieker je je suf, moet ik het langs die kant proberen, moet ik de gang op gaan, altijd stuit je op een muur waardoor je niet verder kunt, je hangt in de touwen en moet weer opkrabbelen en doorgaan, links, rechts, of niet soms?' zei Nummer Drie.

'Laten we hopen dat Malito heeft weten te ontsnappen en ons nu ziet ...'

Op het televisietoestel dat in het appartement stond was het donkere meisje te zien dat zei dat zij het niet geweest was.

'Ik wist niet dat zij de Argentijnen waren die door de politie werden gezocht, ik had toevallig een van hen op de Plaza Zavala leren kennen en met zijn tweeën hebben ze me verkracht ... Maar ik heb hem niet aangegeven ... Er is niets zo erg,' zei het meisje ernstig, recht in de camera kijkend, 'als iemand verraden.'

Langzaam maar zeker begon het daglicht door te breken. De criminelen schoten nu minder vaak vanuit hun tijdelijke hol. De politiemannen die de operatie leidden waren bijeen om nieuwe strijdplannen uit te denken. De menigte nieuwsgierigen die door de kou en de regen was verdreven begon weer toe te stromen, in nog groteren getale. De misdadigers waren blijkbaar aan het rusten, waarbij een van hen de wacht hield, omdat ze rekening hielden met een mogelijk slotoffensief. Zo nu en dan lieten ze een paar schoten horen om te laten zien dat ze op hun hoede waren.

Uit dit alles maakte de politie op dat de gangsters, met hun ruime voorraad munitie en tot alles bereid, hun positie tot het laatst zouden kunnen behouden, zodat ze haar aanvalsstrategie in de uren daarop begon te wijzigen. Er werden nu verschillende mogelijkheden overwogen: het gooien van een handgranaat met een relatief lage slagkracht; het inzetten van chemische producten die worden gebruikt om branden te blussen en die aan de huid blijven kleven alsof het vloeibaar rubber of napalm is, waardoor de bendeleden ongetwijfeld uit hun hol zouden worden gedreven; een opening in het dak maken om hen vanuit het appartement erboven, op de tweede verdieping, te kunnen beschieten of een gat maken in de tussenmuur met appartement nr. 8, ook weer met de bedoeling hen vandaar te beschieten. Het duurde een aantal minuten voordat ze tot een beslissing kwamen.

Altijd als de Gaucho drugs genomen had zwoer hij ermee te zullen stoppen, dan dacht hij dat hij dat zou kunnen en dat het waanzin was om altijd maar achter dealers aan te moeten lopen, maar als hij geen drugs had kon hij niet stoppen, als hij geen drugs had dacht hij niet aan stoppen, dan dacht hij alleen maar aan zijn volgende shot en hoe daaraan te komen. En het ergste was, besefte hij nu tot zijn schrik, alsof die vervloekte stemmen die zich koest hadden gehouden zich nu weer verhieven om hen te waarschuwen, het ergste was dat als ze daar ingesloten bleven, ze vroeg of laat zonder zouden komen te zitten, zonder drugs.

'Vroeg of laat,' zei hij, 'zal de dope opraken, ook al hebben we nog zoveel gram, stel dat we het als schipbreukelingen op rantsoen zetten ... ik heb eens een paar kerels op een verlaten eiland gezien die water met een lepeltje dronken, omdat het op dreigde te raken.'

'Met een lepeltje? Water?'

'Ja, met een theelepeltje.' De Gaucho deed het gebaar na, hief zijn elleboog en tuitte zijn lippen tot een snaveltje.

De Kraai lachte. Hij was de hele nacht niet weg geweest bij het raam. Hij had zijn voorraad Florinol op een krant op de vloer uitgestrooid en nam om de zoveel tijd een pil en zweefde in een dichte nevel.

Jullie moeten naar buiten, hoorde de Gaucho de stem van een orakel, hij hoorde bevelen, Gaucho Dorda, een koor dat tegen hem praatte, gedempte stemmen die hij bijna niet kon horen, en al helemaal niet als er geschoten werd.

'Wist je, Nene, dat ze niet praten als er herrie is, dan hoor ik ze niet, dan zijn die sloeries verdwenen en ineens komen ze dan weer terug.'

'Er is nog *maconha*.'

'Maconha?'

'Ik heb in Brazilië gewoond, sufkop. Heb ik je dat nooit verteld? Daar noemen ze wiet maconha ... deze is uit Paraguay ... die heb ik van haar ... ze bewaarde het in een blikje in de keuken, dat meisje ...'

El Nene kroop over onzichtbare banen op de vloer naar de keuken en klom op de aanrecht, stak zijn hand uit en vond het blik, de zoete geur van de hasj. 'La Cucaracha, La Cucaracha,' zong el Nene weer, 'ya no puede caminar, porque le falte, porque no tiene.' En de radiotelegrafist, Roque Pérez, meende iemand ergens in de woning dit Mexicaanse liedje uit de burgeroorlog te horen zingen.

'De wc is helemaal verstopt. We moeten in deze emmer pissen en dan gooien we de pis uit het raam op de hoofden van de juten …'

'Waar heb je die wiet vandaan?'

'Die was van dat grietje, die had hem uit Paraguay …'

Ze staken joints op en gingen televisiekijken. Aan die kant, dicht bij de voordeur, konden de kogels haast niet komen, en als zij zich stilhielden werden de agenten nerveus en gingen ze in de lucht schieten.

'Moet je zien, ze hebben een pantserwagen en ze zijn met wel duizend man.'

In de ochtendregen waren de politiemacht en de vrachtwagens en de journalisten op het trottoir zichtbaar en het televisietoestel verspreidde een grijs, grauw licht.

'Maar ze zullen ons hier niet uit krijgen … Ze zullen moeten onderhandelen.'

Ze zaten op Malito te wachten. Misschien was het waar dat hij iemand gegijzeld had, het kind van de een of andere belangrijke man, en dat hij ineens op het scherm zou verschijnen en zou eisen dat ze hen lieten gaan. Hij zou hen komen bevrijden, hij zou met hulptroepen komen, Malito, met zware jongens, Brazilianen uit Rio Grande do Sul. Hij was een *capo*, Malito, geschift maar heel intelligent, altijd afstandelijk, lapte alles aan zijn laars maar was correct tegen zijn eigen mensen, iemand die hen niet in de steek zou laten, terwijl zij hem zo konden verlinken door de intercom te pakken en te zeggen: ik heb een afspraak met Malito op Calle Julio nr. 18. Het donkere meisje had hem misschien gewaarschuwd. Malito gewaarschuwd? Wist hij dat ze een kamer had in een pension in de buurt van de markt? Een pension dat nu zwaar bewaakt werd. Ze hadden haar een paar keer op de tv gezien en dan kraamde ze onzin uit, beweerde dat ze door hen allemaal verkracht was. Leugens om de politie te misleiden en zichzelf vrij te pleiten.

'Meissie, toch,' zei el Nene tegen het beeld van het meisje op het scherm. 'Rustig maar, kleintje, niet te veel praten.' Ze keek hem vanaf het beeldscherm recht aan, en el Nene kroop naar het andere eind van de kamer en legde de plaat van The Head and Body op de Winco:

And if I can find a book of matches
I' goin' to burn this hotel down …

En el Nene zong het refrein van *Parallel Lives* mee.

De geluiden van de nacht vermengden zich met de dode muziek van de stad. Was dat de stem van Mereles? De stem van Nummer Drie? Of was het Nummer Twee?

'Als kind heb ik ooit eens vier dagen in een diepe bron vastgezeten, ik was daarin gevallen en er liepen allemaal insecten over mijn gezicht, maar ik kon niet schreeuwen omdat ik bang was dat ze dan in mijn keel zouden kruipen, en ten slotte hebben ze me gevonden omdat mijn hond als een gek langs de rand van die bron zat te wroeten.'

Wie was er aan het woord? De wereld van Roque Pérez was nog kleiner geworden. In de piepkleine ruimte onder het dak waar hij zijn apparatuur bediende was hij beperkt tot de bijna ongrijpbare geluiden die vanuit het skelet van het gebouw kwamen. Af en toe was er wat storing en dan stond hij in verbinding met de geest van de hele stad. De stemmen kwamen door kanalen binnen het gebouw, want de politie had microfoons (of was het er maar een, was er maar één enkele microfoon in de lucht?) in het spinnenweb van de intercom geplaatst. Ze hadden die geïnstalleerd om het pad van de drugs die in de nachtclubs circuleerden te kunnen volgen en nu gebruikten ze deze om de gangen van de schurken te volgen. Maar het kon ook zijn dat ze hem, Pérez, daar diensten van tien uur lieten draaien omdat de Argentijnen een geheim verborgen en de politieleiding daarachter wilde komen alvorens hen dood te schieten. Maar de stemmen komen ook nog ergens anders vandaan. Vanuit het verleden, dacht de radiotelegrafist. Misschien zweefden de woorden van de doden door de ondergrondse leidingen en was het daarom mogelijk de angstige gesprekken van twee oude dametjes te volgen die zich in de badkamer van een van de appartementen hadden opgesloten.

'Heilige Maagd Maria, bid voor ons zondaars.'

Waar kwamen die gebeden vandaan, misschien wel uit het geheugen van de radiotelegrafist zelf, misschien ook was het de stem van een van de gangsters of het klaaglied van een buurman. Hij nam alle geluiden op en ergens dicht in de buurt probeerde een ander klaarheid in dat woud van stemmen te brengen. Hij kon niet weg, was omsingeld, voelde zich als een spion in de oorlog die boodschappen naar achter de Japanse linies zond. Een Uruguayaanse politieman, korporaal Roque Pérez, radiotelegrafist van beroep, ingezet bij de slag om de Río de la Plata. En als de gangsters het gebouw innamen en hem daarboven op de vliering vonden, nog geen vijf meter van hen vandaan, zouden ze hem met een nekschot executeren.

Om de vijf minuten (zo ongeveer) maakte de politie gebruik van microfoons om hen te sommeren zich over te geven en op die manier psychologische druk op hen uit te oefenen, terwijl de technische staf in de centrale van de Uruguayaanse geheime dienst met behulp van zendapparatuur van de Nationale Omroep de gesprek-ken van de belegerde mannen (ondanks de storingen) kon afluisteren dankzij drie microfoons die enkele uren voor de omsingeling in het appartement waren aange-bracht.

'Hier kennen ze de doodstraf niet.'

'Doodstraf … ik begrijp niet dat je zo achterlijk kunt zijn dat je je laat pakken en op een stoel laat rooste-ren …'

'Soms krijgen ze je zonder dat je het wil te pakken.'

'Nooit van mijn leven.'

'Valerga werd in zijn slaap verrast en toen hij naar zijn Beretta greep, stortten ze zich op hem en kon hij niet meer ontsnappen.'

'Er zijn vier manieren om iemand te executeren: de galg, het vuurpeloton, de gaskamer en de elektrische stoel. En het duurt heel lang voordat je dood bent. Soms wel één tot anderhalve minuut … Moet je je adem eens zo lang inhouden … De stoel is behoorlijk luguber: de rook die van verbrande huid afkomt heeft een geur die je nooit meer vergeet, de geur van geroosterd vlees. Ze plaatsen elektroden op het hoofd en op de benen van de veroordeelde. Je ziet geen vlammen, alleen dat de huid verkleurt, eerst paars en dan zwart wordt.'

'En in Argentinië? Weet je hoe ze het daar doen? Daar schieten ze een kogel door je kloten.'

De dag brak langzaam en somber aan. Behalve de lage temperatuur begon het ook steeds harder te regenen. Af en toe werd het schieten hervat. Toen het eenmaal licht was, evacueerde de politie in twee uur tijd heel behoedzaam de bewoners van de appartementen aan de voorkant en diegenen die op de begane grond ingesloten hadden gezeten. De operatie werd gedekt door een hevig vuren vanaf de posities die uitzicht hadden op de luchtkoker.

De brandweer zette een gigantische trap tegen het balkon van de tweede verdieping en vandaar gingen ze naar beneden, met hun rug naar de straat, doodsbange gezinnen die urenlang in een uiterst hachelijke situatie hadden gezeten. Zo waren er dames met lijkbleke gezichten en er was er ook een die eiste dat haar pekineesje gered zou worden, waarna het beestje samen met zijn bazin in een patrouillewagen in de Calle Maldonado werd gezet.

'Mijn dochter en ik,' zo vertelde señora Vélez (op Radio Carve) 'hebben de hele tijd achter in de keuken gezeten en door de leidingen hoorden we het geschreeuw en gelach van die jongens. Ze worden opgejaagd als ratten … Ik had medelijden met ze, zo slacht je geen menselijke wezens af …'

'Volgens mij zijn ze allemaal dood,' zei señor Antúnez van het appartement naast nr. 9. 'Al een tijdje was er geen gelach of geschreeuw meer te horen. Wij maken het goed, maar het was alsof we in de Tweede Wereldoorlog zaten.'

Toen de naburige flats eenmaal ontruimd waren, maakte de politie zich op voor het slotoffensief. Allereerst werd het water afgesneden en daarna het licht. Vervolgens werden de overbekende molotovcocktails ingezet, gemaakt van lege flessen die vanuit de bar op de hoek waren aangevoerd. De bedoeling was deze in appartement nr. 9 te werpen en op die manier brand te stichten. Maar ook dit lukte niet, want de beginnende brandjes werden onmiddellijk geblust door de gangsters zelf, die wollen dekens in de met water gevulde badkuip dompelden en daarmee het vuur wisten te doven voordat het zich kon uitbreiden. In plaats van de moed te laten zakken verhevigden de Argentijnen onmiddellijk hun salvo's, terwijl de politie terugschoot om hen bezig te houden.

Toch was de situatie van de gangsters tegen die tijd al kritiek. Door bezit te nemen van appartement nr. 3 (op de tweede verdieping, schuin boven nr. 9) had de politie een nieuwe hoek te pakken van waaruit ze kon vuren, door een bovenlicht, en deze positie werd ingenomen door commissaris Silva en een man die zeer vaardig was met een Thompson-machinepistool, sergeant Mario Martínez van Diefstal en Beroving. Om de beurt schoten ze of laadden ze het wapen. Dit dakvenster, waardoor een klein gedeelte van de slaapkamer van nr. 9 beschoten kon worden, werd meteen door de gangsters gedekt.

Om acht uur 's ochtends lieten de Argentijnen nog steeds hun .45 pistolen ratelen en op elk schot van de politie werd nog steeds gereageerd met het geratel van machinepistolen. Ze konden zich alleen nog maar over een heel klein oppervlak bewegen, omdat ze bijna overal door scherpschutters werden geblokkeerd.

Tegelijkertijd werd agent Aranguren van de 12e Divisie, eenentwintig jaar oud, getrouwd en vader van twee kinderen, samen met agent Julio C. Andrada van Diefstal en Beroving, vijfentwintig jaar oud, ingezet om zich in appartement nr. 3 te verschansen en de voordeur te dekken, die zich op nog geen drie meter afstand van die van de gangsters bevond. Een van de boeven (Dorda) kroop de gang in en loste door de half openstaande deur van de buurwoning een salvo met zijn machinegeweer. Aranguren was op slag dood en werd door het raam afgevoerd. En ook Andrada, agent in burger van de geheime politie, gekleed in een bruin sweatshirt, raakte gewond, maar hij bleef op de keukenvloer liggen, weggekropen onder de gootsteen, buiten het bereik van de moordenaars.

Met de plattegrond van het gebouw in de hand werd er een nieuwe methode bedacht: brandweerlieden zouden een gat in de vloer van het appartement erboven maken, waardoor de belegerde mannen dan bestookt konden worden.

Via de uitschuifbare trap die de brandweer met grote precisie tegen het raam had geplaatst, klom een aantal agenten naar de tweede verdieping. Om de operatie te dekken werd vanuit appartement nr. 11 door de bovenlichten gevuurd en ook door het raam dat uitkeek op de luchtkoker, terwijl de politie ook appartement nr. 13 op de verdieping erboven bezette, pal boven het hol van de misdadigers.

Om tien uur 's ochtends werd er begonnen met het maken van een gat in de vloer van het appartement

179

boven dat van de Argentijnen. Het plan was koolmonoxide door de opening te pompen, en er werd koortsachtig aan de slag gegaan met een breekijzer. Het werk vorderde te langzaam en ten slotte werd de hulp ingeroepen van het elektriciteitsbedrijf, dat een compressor leverde om met een drilboor te kunnen werken.

Er werd een pneumatische boor, aangedreven door een verplaatsbare stroomgenerator, het gebouw binnen gedragen. Vervolgens werd het ding naar de gang van de tweede verdieping, pal boven het plafond van een van de slaapkamers van appartement nr. 9, gebracht. De boor werd aangezet en na een paar minuten stevig doorwerken was er een opening. Zodra ze licht door de opening zagen komen, probeerden de gangster deze operatie te verhinderen door schoten te lossen. Het hevige vuur uit de aan de luchtkokers gelegen ramen verhinderde hun echter posities in te nemen van waaruit ze goed konden richten en met hun kogels de werkende mannen konden raken.

Vanaf dat moment waren hun minuten geteld. Door de opening werden flessen met benzine gegooid, die met behulp van een lont werden aangestoken. Naar later kon worden vastgesteld vatten de plankenvloer, de meubels, de gordijnen en allerlei voorwerpen vlam. Er viel bijna geen adem meer te halen.

Bovendien werden ze door de opening onder vuur genomen, en ook vanuit appartement nr. 11, het aangrenzende appartement.

Uitgeput na die urenlange strijd, waarin ze aan genadeloze beschietingen blootgesteld waren, waagden de gangsters zich opnieuw buiten hun appartement en stormden de gang van de eerste verdieping op. Op dat moment liepen twee politiemannen die op de begane grond stonden geposteerd juist door de centrale hal naar de trap en die hadden geen andere keus dan rechtsomkeert te maken en naar buiten te vluchten. De gangsters, die al schietend de gang overstaken, raakten daarbij Miguel Miranda bijna op de drempel van de buitendeur. En ook de andere agent, Rocha genaamd, die zich tegen de muur gedrukt had, raakte gewond.

Buiten maakte een groep agenten een voorwaartse beweging, omdat ze zagen dat er weer een van hun maten gevallen was, maar de gewonde Rocha draaide zich om en rende in het wilde weg schietend naar de ingang en kreeg daarmee voor elkaar dat de gangsters zich terugtrokken en dat hij zelf het lichaam van Miranda naar buiten kon slepen.

Uit de menigte stegen woedende protesten op en verschillende politiemannen vroegen toestemming om gewapend met machinepistolen het gebouw binnen te stormen en een einde aan het verzet te maken.

De orders van Silva en van de Uruguayaanse autoriteiten luidden dat de criminelen totaal afgemat moesten worden voordat er aan het slotoffensief mocht worden begonnen.

Dorda en Brignone – met natte lappen voor hun gezicht gebonden om de uitwerking van het gas tegen te gaan, waardoor ze eruitzagen als twee geesten – kwamen hun hol opnieuw uit en liepen een paar meter de gang in, losten vandaar talloze schoten en trokken zich toen weer in het appartement terug.

De stemmen kwamen van ver, vermengd met zachte geluiden, het geklop van de lucht in de leidingen en het eindeloze geblaf van een hond. Mereles stond tegen de deurpost tegenover het keukenraam geleund en Dorda en Brignone waren samen bij het raam gaan zitten dat uitkeek op de straat.

'Hoe lang zitten we hier al?'

Kort na het middaguur barstte er een hevig vuurgevecht los, waarbij van het begin af aan duidelijk werd dat de delinquenten nu tot alles bereid waren. Zelfs om te sterven, maar dat er dan ook anderen zouden sterven. Inmiddels ging men ervan uit dat een van de gangsters dood was of zwaargewond. Er werd besloten om brandbommen naar binnen te gooien en zo werden de boeven verdreven uit de kamer die uitkwam op de luchtkoker. Daardoor kon de politie vanuit allerlei andere posities schoten lossen. En zo bereikte de strijd zijn hoogtepunt.

Een paar mannen hadden de ramen ingeslagen van een appartement in de buurt van het pand op Julio Herrera 1182 en gingen daardoor naar binnen om de gangsters af te leiden door ze vanuit een andere hoek te beschieten, terwijl in het aangrenzende appartement een gat in de muur werd geboord. Het gat werd laag bij de vloer gemaakt, om vandaar kogels laag over de grond te kunnen schieten die effectiever moesten zijn dan de kogels die tot dan toe waren afgevuurd. Toen de opening klaar was schoten de misdadigers, die op alle fronten bleven aanvallen, keihard terug en raakten daarbij agent Nelson Honorio Gonzálvez van de 12e Divisie in zijn borst. Hij werd onmiddellijk via het balkon op de eerste verdieping naar beneden getakeld en in een ambulance afgevoerd, maar stierf op weg naar het ziekenhuis.

De politie verhevigde haar offensief en daarop werd vanuit het appartement op dezelfde manier gereageerd, maar na een halfuur van oorverdovende schotenwisselingen nam het vuren van de gangsters af en op het laatst kwam er alleen nog maar af en toe een salvo. Men dacht dat ze munitie wilden sparen, maar dat was niet zo. Brignone en Mereles begonnen hun krachten te verliezen ten gevolge van de verwondingen die ze hadden opgelopen in die vijftien uur durende strijd.

De enige die nog ongedeerd was, was Dorda. Zo nu en dan loste hij nog een salvo met zijn machinepistool en dan ging hij weer beurtelings een van zijn twee makkers bijstaan. In de gang had zich inmiddels een politieman opgesteld en deze schoot door het raam naar binnen.

Mereles stond op om het vuur van deze schutter tot zwijgen te brengen, maar voordat hij kon schieten kreeg hij zelf de volle lading en werd naar de andere kant van de zitkamer geslingerd. Hij was de keuken in gegaan om een hoek te zoeken van waaruit hij kon schieten en stierf zonder zich daarvan bewust te zijn, alsof zijn gang naar het licht in het raam hem naar de andere wereld had geholpen.

Dit dacht el Nene, die op de achtergrond het licht door het raam zag schitteren en toen het gekreun hoorde van de Kraai die met zijn rug tegen de deur van de slaapkamer viel.

'Kraai,' riep el Nene. Maar de Kraai was al dood.

Brignone ging met zijn rug tegen de muur op de grond zitten en schoot met zijn machinepistool omhoog, want de politie bleef met de pneumatische boor in het plafond 'kloppen' en dat maakte een hels kabaal, alsof er een trein boven zijn hoofd reed.

Mereles was neergestort vlak bij de slaapkamer waarin het gat werd gemaakt. Buiten ontvingen de achter auto's en patrouillewagens verschanste politiemannen het bericht dat een van de criminelen vermoedelijk dood was. Maar gezien de indeling van het appartement waarin de Argentijnen zich schuilhielden was dat onmogelijk na te gaan en dus kon het bericht niet worden bevestigd.

Brignone wilde dat de Gaucho vanuit een veilige hoek door het klapraampje zou vuren en hem dekking zou geven terwijl hijzelf de keuken in zou gaan en de gang zou beschieten. Ze hadden de woonkamer prijsgegeven. De politie was daar bijna klaar met het maken van de opening en er was al een groot gat ontstaan door het gebeuk van de pneumatische boor, die het hele gebouw deed trillen.

De politie wierp eerst een paar lichte handgranaten maar koos toen voor één heel krachtige, waarbij je heel voorzichtig te werk moest gaan omdat je nooit precies wist waar hij terecht zou komen. Commissaris Lincoln Genta liet hem door het luik in de badkamer glijden dat appartement nr. 9 met appartement nr. 13 verbond. Het ding ontplofte precies op de juiste plaats en dwong Brignone naar de zitkamer te hollen, maar vlak bij de deur naar de badkamer werd hij door mitrailleurvuur getroffen.

Hij viel languit achterover de gang in, met open ogen en snel ademend, zonder een kik te geven, doodsbleek. De Gaucho praatte zachtjes in zichzelf, een vreemd gemompel dat leek op een gebed, terwijl hij met zijn machinepistool in zijn linkerhand over de grond naar el Nene toe kroop.

Toen Dorda el Nene eindelijk bereikt had sleepte hij hem naar de muur, waar ze veilig waren, hees hem overeind en hield hem tegen zich aan, met zijn armen om hem heen, halfnaakt.

Ze keken elkaar aan; el Nene was stervende. De Blonde Gaucho veegde zijn gezicht schoon en deed zijn best om niet te huilen.

'Heb ik de agent gedood die me te pakken heeft gehad?' vroeg el Nene na een poosje.

'Natuurlijk, lieverd.' De stem van de Gaucho klonk nu kalm en liefdevol.

El Nene glimlachte en de Blonde Gaucho hield hem in zijn armen alsof hij een Christusbeeld was. Met moeite stak el Nene zijn hand in de zak van zijn overhemd en gaf hem het medaillonnetje met de Maagd van Luján.

'Niet opgeven, Marquitos,' zei el Nene. Hij had hem voor het eerst in tijden weer bij zijn echte naam genoemd, in verkleinde vorm, alsof de Gaucho degene was die troost nodig had.

Toen richtte el Nene zich een beetje op, steunde op zijn elleboog en fluisterde iets wat niemand kon horen in zijn oor, ongetwijfeld een liefdesverklaring, half uitgesproken of misschien wel helemaal niet gezegd maar wel zo gevoeld door de Gaucho, die el Nene kuste terwijl deze de laatste adem uitblies.

Even bleven ze onbeweeglijk zitten, terwijl het bloed tussen hun lichamen stroomde. Er heerste een absolute stilte in het appartement. De politiemannen loerden door het gat, wat hun op een kogelregen en een scheldpartij van Dorda kwam te staan, die zich nu achter het lichaam van Brignone verschanste.

'Kom dan, klootzakken, laat dan zien dat jullie niet bang zijn …'

9

Het zal vroeg in de middag zijn. Midden in het ontmantelde appartement, klaarwakker en zeker van zichzelf, met de zak cocaïne naast zich, heeft Gaucho Dorda nog een stuk leven voor zich. Het verbaast hem dat ze met zovelen zijn en dat vindt hij een goed teken. 'Als ze me willen vermoorden, dan komt er iemand alleen, die smeerlap van een Silva misschien wel, die keiharde en laffe commissaris Silva zou in zijn eentje komen om me te vermoorden.' Hij lacht verloren terwijl hij daar ongedeerd tegen de deurpost zit, vaag zichtbaar in het vochtige licht en met zijn linkerhand zijn machinepistool strelend. Niet klaar om te sterven, dat niet, niemand is ooit klaar om te sterven. Wel bereid om te sterven, zoals iemand die al sinds zijn jeugd, zijn hele leven al, een stigma draagt dat luidt: 'Het zal slecht met je aflopen.' Omsingeld, alleen in zijn hol, ingesloten in een cirkel des doods, midden in een belegerde flat waarin hij zich niet kan bewegen, is hij bereid te sterven. De woorden van zijn overleden moeder komen als een litanie terug.

'Het zal slecht met je aflopen.'

Dat wil zeggen doodgeschoten, van achteren neergeschoten, verraden, en toch had hij het tot een goed einde gebracht, hij had zich goed gehouden, had niemand verraden, ze hadden hem niet op de knieën gekregen. Hij had schik in die uitdrukking en als op een foto zag hij zichzelf als kind rondkruipen in Cañuelas en vervolgens zijn dode lichaam op het omslag van de *Crónica*. 'De hyena Dorda dood'. Kom dan, zei hij, kom dan, stelletje klootzakken. Hij strekte zijn arm en bond het rubberen bandje eromheen om de ader te zoeken.

Maar het deed er allemaal niet meer toe. Hij gluurde door het raam om te zien wat die vuile honden in hun schild voerden. Ze bewogen als poppetjes daar beneden, tegen de muren gekleefd, terwijl de schijnwerpers de namiddag verlichtten. Verder naar achteren lag het Rodó-park en daar weer achter de rivier. Onder de grond, onder de straatstenen, lagen de rioolbuizen, gigantische buizen die als geheime gangen naar de rivier liepen. Via de kelder vluchten, met zijn handen een tunnel graven en naar het afvoerkanaal kruipen, via de brandtrap omhoogklimmen, het luik oplichten en de openlucht bereiken. Het internaat van de paters stond midden in het landschap, met bomen en groentebedden en hoge muren eromheen. 'Pupil, je wordt pupil.' En het eerste waaraan hij had gedacht was een oog dat naar hem keek terwijl hij sliep, het oog van Rooie Jara, de bewaker die blind was aan één oog, een melkwit oog, en die hen op hun lijf sloeg opdat er geen sporen te zien waren. De Gaucho plaste in zijn bed en als straf moest hij de matras van zijn bed halen en ermee rondslepen voor de ogen van de anderen, die allemaal lachten terwijl de Gaucho met die matras rondliep om hem in de zon te laten drogen, en zonder te huilen liep hij heen en weer over de binnenplaats, de Gaucho, totdat hij naar de douche gestuurd werd en daar, met het water dat over zijn gezicht liep, kon huilen zonder dat iemand het zag. Slappe Dorda, suffe Dorda, die doet het in zijn broek. En de anderen lachten, en hij stortte zich op hen en dan rolden ze vechtend over de grond. Pupil, zijn moeder had zich van hem ontdaan en het woord had hem vreemd in de oren geklonken, als een vloek, 'jij wordt pupil', had zijn overleden moeder gezegd en hij dacht dat hij aan zijn oog geopereerd zou worden opdat hij het gezicht van zijn moeder niet meer kon zien, maar na verloop van tijd begreep hij dat het de meisjes waren in de ramen van de hoerenkast in het dorp, die zij vanaf de daken bespionneerden terwijl ze bezig waren, met hun witte benen die in de lucht zweefden, waren dat de pupillen, zou hij daarheen gestuurd worden? Dat kon toch niet. De pupillen van Madame Iñíguez, die 's ochtends heel vroeg door het lege dorp gingen wandelen. Er waren geen mannen in het huis met al die verdiepingen achter de oude stallen, ze deden alles zelf, die vrouwen, er was ooit een knecht geweest maar die was er na korte tijd weer uit gezet, al die vrouwen hadden samen de leiding over het bordeel achter het station van María Juana. Het Russinnetje was de eerste vrouw met wie hij was, ze praatte de taal niet maar lachte naar hem en zei woorden in een rare taal, vermengd met een enkel woordje Argentijns. Knap ventje, betaal me een *canario*, kom dan, schatje, uitgesproken op zo'n onverschillige toon, dat het leek alsof ze rekensommetjes maakte of woorden opdreunde die ze zich herinnerde uit een droom. Ze leken op elkaar, hij en het Russinnetje, ze konden allebei hun gevoelens niet goed uiten. Hij zocht haar op en ging dan bij haar zitten en keek toe hoe zij zichzelf tussen haar benen streelde, en daarvoor betaalde hij wat hij verdiend had of gestolen had in landhuizen in de omgeving, in de loodsen bij het station, in het magazijn van de winkel van de Turk Abad. Ze zeiden geen woord, ook in die tijd sprak de Gaucho al weinig, een jaar of dertien of veertien oud, blond, met lichte ogen en een vollemaansgezicht, en soms hoorde hij in de luchtbuisjes in zijn hersens de zoete muziek klinken van de zuivere, onbegrijpelijke stem van het Russinnetje dat tegen hem praatte in haar eigen taal, maar hem ook 'schatje' en 'mannetje' noemde en 'mijn Blonde Gaucho' leerde zeggen en nog andere lieve woordjes, als een onbegrijpelijk gezang dat alleen zij tweeën begrepen en dat hem diep in zijn hart raakte. Hij, de Gaucho, probeerde het haar uit te leggen, de vertakkingen in je hart zijn als een soort slingerplant die wordt gevoed door je bloed. Begreep ze dat? Dan probeerde hij het nog eens uit te leggen. En zij wist dat hij bij vrouwen niet de liefde zocht die zijn hart zou verwarmen. Hij wilde haar van alles vertellen, dingen als in de liedjes waar zijn overleden moeder naar luisterde, maar ze kwamen niet over zijn lippen. Hij bedacht van tevoren wat hij tegen haar ging zeggen maar struikelde toch weer over zijn eigen woorden. Dan keek zij hem glimlachend aan, alsof ze begreep dat de Gaucho anders was dan de rest, niet verwijfd, heel mannelijk, maar toch heel anders, van de verkeerde kant, zouden ze op het platteland zeggen, maar geen mietje, en naakt zittend op haar bed lakte ze haar teennagels en die geur van aceton maakte hem misselijk en opgewonden, maakte dat hij zelf zin kreeg om zijn nagels te lakken. Hij keek naar die vrouw met wattenbolletjes tussen haar tenen en had willen knielen om haar heel kuis te kussen, maar hij durfde niet en bleef gewoon zitten, stil en bedroefd, en soms lachte ze even of zei iets in haar onbegrijpelijke taal of zong een liedje in het Pools, het Russinnetje, en ten slotte kwam ze naar hem toe en dan liet de Gaucho zich gelaten strelen, maar stijf of slap, nooit lukte het hem bij haar naar binnen te gaan, en soms ook streelde hij het Russinne-tje, hij streelde haar alsof ze een pop was, een klein meisje dat hij in het geheim beminde, de Blonde Gaucho. Dit was in '57 of '58. Hij liep in die tijd al met wapens rond en zij was verbaasd noch bang als ze hem zijn Ballester Molina op het nachtkastje zag leggen, het was alsof ze het niet zag, ze zat daar lief in het licht van het nachtlampje en praatte in haar eigen taal, als een soort litanie. En later? Hij wist het niet meer. Hij was twee-maal in het opvoedingsgesticht geweest maar ze hadden hem nog niet in het Melchor Romero gestopt, ze hadden zijn hoofd nog niet leeggemaakt met elektroshocks en insuline-injecties, om hem net als iedereen te maken. Dr. Bunge, met zijn ronde brilletje en zijn puntbaardje, was de eerste geweest die tegen hem had gezegd dat hij net als iedereen moest zijn. Dat hij een vrouw moest zoeken, een gezin moest stichten. Want van jongs af aan had de Gaucho, deze ploert, bandiet, moordenaar, voor niemand bang en in de hele provincie Santa Fe en in alle winkels langs de grens gevreesd, alleen maar oog gehad voor mannen, voor de landarbeiders, voor de oude vee-drijvers die bij het krieken van de dag de rivier overstaken aan de andere kant van María Juana. Ze namen hem mee onder de bruggen en bedreven daar sodomie met hem (dat was het woord dat dr. Bunge gebruikte), ze bedreven sodomie met hem en lieten hem opgaan in een waas van vernedering en genot, waaruit hij tegelijk beschaamd en bevrijd tevoorschijn kwam. Altijd onhandelbaar, altijd woedend en niet in staat te zeggen wat hij voelde, met de stemmen die in hem klonken van vrouwen die hem raad gaven en vunzige dingen influisterden, hem tegenstrijdige bevelen gaven en hem uitscholden, altijd alleen maar vrouwenstemmen in Dorda's

190

hoofd. Daarom behandelden ze hem in het ziekenhuis met injecties en pillen, om hem te genezen, om hem doof te maken voor de stemmen, om hem af te houden van de zonde van de sodomie. Hij glimlachte nu bij de gedachte hoe hij had gekeken naar de landarbeiders met wie hij samenleefde in de tijden dat hij zich had aangemeld voor de oogst. Maandenlang moest hij met hen samenleven, met die landarbeiders, midden in de zomer, terwijl je hersens begonnen te koken in de zon. Tot die avond dat ze lang het kikkerspel hadden zitten spelen in de schuur en allemaal half bezopen waren. Ineens waren ze hem in de maling gaan nemen en grappen over hem gaan maken, maar de Gaucho kon geen woord uitbrengen, lachte alleen maar zo'n beetje met nietsziende ogen, en de oude Soto had hem als mikpunt genomen, hem net zo lang getreiterd tot de Gaucho hem op laffe wijze vermoordde. Hij knalde hem neer toen Soto stomdronken zijn bruine paard wilde bestijgen en telkens zijn been uitzwaaide zonder de stijgbeugel te kunnen vinden. Alsof hij een einde aan deze belachelijke dans wilde maken trok de Gaucho zijn revolver en schoot hem dood. Het was de eerste dode van een eindeloze serie (dat zei de Gaucho, volgens dr. Bunge). Vanaf dat moment ging het bergafwaarts en veranderde de Gaucho van een dief, een boef, in een moordenaar. Hij werd naar Sierra Chica overgebracht en achter de tralies gezet, op water en brood, opdat hij zou bekennen wat iedereen al wist. Hij bewaarde duidelijke herinneringen aan die tijd en die vertelde hij aan dr. Bunge, die alles in een wit opschrijfboekje noteerde.

'Als je zo doorgaat, zal het slecht met je aflopen, Dorda,' zei de arts.

'Het gaat niet goed,' de Blonde Gaucho had moeite

om zich uit te drukken. 'Al sinds mijn jeugd gaat het niet goed. Ik ben een hopeloos geval, ik kan me niet uiten, dokter.'

Hij gebaarde met zijn handen om uit te drukken wat hij voelde, maar ze lachten hem in zijn gezicht uit. Dat maakte hem razend. Het zal slecht met je aflopen, zei wijlen zijn moeder altijd.

En nu was het dan afgelopen. Samen met zijn dode broeder in dit appartement, met zijn pistool op de straat gericht waar het wemelde van de rechercheurs die hem kwamen doden. Ze zullen me martelen en weer naar Sierra Chica sturen, naar de Chilenen. Die waren verschrikkelijk, de Chilenen, die behandelden hem als een beest. Daar ga ik nooit meer heen. Ze krijgen me niet meer in Sierra Chica. Hij liet el Nene op de vloer achter en ging bij het raam staan, met het medaillonnetje tussen zijn vingers, en de Gaucho voelde dat hij daar dood aan zijn voeten lag, de enige man die ooit van hem gehouden had, hem altijd verdedigd en als een mens behandeld had, beter dan een broer, el Nene Brignone had hem als een vrouw behandeld, hij begreep hem als hij niet kon praten en verwoordde altijd wat de Gaucho voelde zonder het te kunnen uitdrukken, alsof hij zijn gedachten kon lezen, maar nu lag hij, el Nene, met een vredig gezicht languit op de vloer, onder het bloed, op zijn rug, dood.

Hij ging bij het raam staan en keek naar de straat. Het was merkwaardig rustig daar beneden. Boven zijn hoofd hoorde hij hen lawaai maken, de rechercheurs, alsof ze over de vloer kropen of met een stuk golfplaat in de weer waren.

'Kom dan, stelletje klootzakken,' schreeuwde hij. 'Ik heb nog twee dozen patronen.'

Hij kon het hebben gezegd of het hebben gedacht zonder het te zeggen, 'ik heb nog een lading drugs, een zak vol cocaïne om wakker te blijven', hij had al die uren standgehouden, het was ochtend geworden en toen middag en ze hadden hem het appartement niet uit kunnen krijgen. Hij hield de zak voor zijn gezicht en ademde het spul in, en meteen voelde hij hoe het hem bevrijdde en hoe zijn keel zich vulde met frisse lucht, zuivere lucht die hem ontnuchterde en hem de overtuiging gaf dat hij zou kunnen ontsnappen, veilig weg zou kunnen komen.

Als hij zou gaan, zou hij zo veel mogelijk van die klotejuten met zich meenemen. Dat hadden ze gezworen zonder het hardop te zeggen, el Nene Brignone en de Blonde Gaucho. In de deurpost hadden ze met een zakmes een kerfje gezet voor ieder stuk stront dat ze hadden omgelegd, het waren er zo veel dat hij bijna de tel kwijtraakte, wel tien of twaalf. Als hij een bom had gehad, dynamiet had gehad, zou hij die om zijn middel binden en het raam uit springen, midden tussen alle agenten die daar stonden te wachten om hem te zien sterven. Dan zou hij samen met hen de lucht in vliegen.

Ze waren niet gewend aan mannen die weerstand boden en geen krimp gaven. Die slampampers waren gewend om te folteren, je op een bedspiraal vast te binden en je met de stroomstok toe te takelen tot je bijna het loodje legde.

'Kom dan, Silva, jij vuile smeerlap.'

Het kwam er krachtig uit en overal in de stad was het rustig en stil. Zijn stem klonk als de stem van God die uit de hemel kwam, de stem van de Almachtige, ginds in zijn dorp. Heilige Maria, Moeder van God, bid voor ons zondaars, nu en in het uur van onze dood, amen. Het gebed rolde eruit, hij kende het nog helemaal, van heel lang geleden, hij had het geleerd van Zuster Carmen. Een kindertehuis geleid door nonnetjes die hem hadden leren bidden, en nog steeds bad de Gaucho soms om de stemmen niet te horen en dan bad hij altijd hetzelfde gebed tot de Moeder van God.

'Laat een priester komen,' zei hij. 'Ik wil biechten.'

Ze waren te paard een betegelde binnenplaats opgereden en de vrouw kwam naar buiten met een dubbelloopsgeweer onder de arm om respect af te dwingen. Waar kwam deze herinnering vandaan?

'Ik heb het recht om een priester te vragen, ik ben gedoopt.'

Buiten werd geschoten en in de verte klonken stemmen. Hij was nu heel kalm, hij wist dat de rechercheurs in de omliggende appartementen zaten. Hij herinnerde zich die vrouw met het geweer, was het zijn moeder? Maar verder kon hij zich niets herinneren, verder was zijn geest leeg, was alles één grote leegte, één groot gat. Zo was zijn leven. De jaren voor het kindertehuis kon hij zich nog goed herinneren, maar van daarna was hij alles kwijt en dáárna was hij el Nene tegengekomen. De dagen vlogen voorbij en de maanden waren eindeloos. In de gevangenis gaan de dagen heel traag en de jaren heel snel. Wie had dat gezegd? Van na zijn vrijlating uit de gevangenis kon hij zich niets meer herinneren, tot op de dag van vandaag, nu hij onder het raam op de grond zat te wachten tot ze hem kwamen doden.

Hij had geen stem meer over om te bidden, Gaucho Dorda. Arme kerel, hij zou sterven in de Republiek ten Oosten van de Uruguay. Zo praatte wijlen zijn vader: ik ken Entre Ríos en de Republiek ten Oosten van de Uruguay. Hij had veel gereisd, zijn vader, hij bezat een hele hoop wagens en zette die in bij de grote oogst.

Een zacht briesje woei door de klapramen naar binnen en bewoog de verbrande gordijnen als spookachtige schimmen heen en weer. Het lichaam van el Nene op de grond langs de muur en daarachter het raam dat uitkeek op de luchtkoker. En ineens zag hij weer zijn vader, die 's avonds thuiskwam op zijn bontgevlekte paard.

'Nog nieuws, makker …?'

De paarden kenden het geluid van de motor van de dorsmachines al gauw. Wanneer de machines moeite hadden met het verwerken van de bundels omdat de toevoer te groot was en de regelaar te snel ging, bleven de knollen staan en als de verstopping dan verholpen was liepen ze weer door. Hij zag de beelden scherp voor zich, van de oogst in Tandil toen hij een jaar of tien oud was. Door de snelheid waarmee de zakken werden dichtgenaaid als de opbrengst wel dertig per hectare was, belandde er om de haverklap iemand op het laadplateau omdat in de haast een punt van zijn bloes aan het jute was vastgenaaid. Een zijden draad in de opening van de zak en verder alleen een kruissteek, een gewoon kruis. Nooit had hij het dichtrijgen van de opening van die zakken onder de knie gekregen. Men zei dat hij half achterlijk was maar dat was niet zo, hij had alleen moeite met praten en was altijd aan het worstelen met de vrouwen die dingen in zijn oor fluisterden. Woorden die aan zijn lichaam waren vastgenaaid met een vettige draad, een tatoeage aan de binnenkant van zijn lichaam, de woorden van wijlen zijn moeder in hem gegrift als in een boom.

'Het zijn net lichtflitsen, bliksemschichten, een soort

fel licht, je herinneringen,' zei Dorda. 'Hier ben ik en hier blijf ik.'

Alles om hem heen was verwoest, de muren waren kaal en beschadigd, het pleisterwerk afgebladderd en je kon de balken zien. Een reusachtig aantal platgeslagen kogels in de slaapkamers, de zitkamer, de badkamer en de keuken getuigde van de hevigheid van het uren durende vuurgevecht. Wat nog overeind stond was niet meer als meubilair herkenbaar.

'Ze zullen me hier weg komen halen, de mannen van Silva, vuile schoft, verrader, de duivel zal je halen ...'

Op de grond lagen twee .45 pistolen, een PAM-machinepistool en een .38 kaliber revolver, in twee gammele kisten lagen nog een paar patronen: dat was het arsenaal waarmee de drie gangsters vijftien uur lang de belegering van meer dan driehonderd politiemannen hadden weerstaan.

Hij glimlachte voor zich uit, terwijl de stemmen nu zachtjes binnen in hem klonken, en vuurde een serie kogels af om te laten weten dat hij daar nog steeds was.

Ze zouden in het donker door de gangen komen om hem te halen, de rechercheurs. Ze reden door het dorp in een zwarte sulky, gekleed in nette pakken. Bij het station stapten ze uit en brachten de geboeide gevangenen naar binnen. Ze namen de dwaze Anselmo mee en het hele dorp liep erachteraan, ze zetten hem in de trein, in de tweede wagon, met aan elke kant een rechercheur, omdat hij zijn baas de strot had afgesneden toen deze hem betrapte terwijl hij in La Blanqueada aan het stelen was. Hij was een sluwe gringo, een struikrover, Anselmo, en ze zochten hem in de dorpen in de omgeving en vonden hem in alle vroegte achter het treinstation. Plotseling was zijn baas verschenen en die was gaan schelden toen hij hem zag ('vuile gringo'), waarop die spaghettivreter Anselmo hem met een mes had doodgestoken. Dorda moest toen, ja, hoe oud eigenlijk, een jaar of twaalf, dertien zijn geweest, want zijn herinneringen gingen tot die tijd en van daarna wist hij niets meer, het leek alsof verder alles was uitgewist en de tijd daar was stil blijven staan, hij herinnerde zich alleen nog dingen van toen hij klein was en daarna niets meer. Ze haalden de gringo Anselmo uit de sulky en bleven staan wachten op de passagierstrein uit het zuiden, op het lege perron van het station van Pila. De twee rechercheurs en de dwaze Anselmo, op zijn touwschoenen en in zijn grijze stofjas, want hij had in het postkantoor gewerkt en daar was hij begonnen enveloppen te openen en de inhoud te stelen, en volgens de verhalen schreef hij die vrouwen dan brieven en zocht hen op om hen te verkrachten. Het scheen dat hij alleen maar brieven met slecht nieuws rondbracht, omdat hij bijgelovig was. De andere brieven werden keurig geordend aangetroffen in de kelder van zijn huis en toen ze hem vonden, ging hij er schietend vandoor en werd veedief en slachtte runderen en verkrachtte boerenmeisjes op afgelegen hoeven in de provincie, herinnerde Dorda zich nu, terwijl hij leunend tegen het raamkozijn naar buiten loerde en hen daar beneden op straat zag bewegen.

De voortvluchtige was geboeid en liep met zijn handen voor zich vastgebonden aan zijn riem, maar hij keek hooghartig, trots op het feit dat hij een slecht mens was, een rebel, zo keek hij naar de spoorbanen en naar de twee agenten met snor en poncho die rustig een sigaretje stonden te roken, omdat ze hem naar La

Plata moesten brengen in de passagierstrein die uit Bahía Blanca kwam.

'Zo zul jij ook nog eens eindigen,' had wijlen zijn moeder die avond gezegd.

Door het bovenlicht van appartement nr. 3 en door het gat in de muur van de eetkamer van het aangrenzende appartement kon je in de slaapkamer kijken en Mereles zien die ruggelings op de bedspiraal was gevallen, half tegen de muur aan. Als je heel voorzichtig deed, kon je vanuit appartement nr. 11 Brignone in het vizier krijgen, wiens lichaam half in de keuken en half in de gang lag. Maar de derde moordenaar ontbrak.

Het licht drong nu door de gordijnen heen. Hij had nog drugs voor twee uur.

'Breng me drugs,' schreeuwde hij.

'Geef je over, stuk stront,' hoorde hij.

Door de opening die vanuit het aangrenzende appartement was gemaakt kon je de lichamen van twee van de gangsters zien liggen, met ontelbare schotwonden. De voet van een van de twee gangsters raakte bijna de drempel van de deur naar de gang en wekte daardoor de suggestie dat deze nog een laatste poging had ondernomen om al schietend te vluchten. Het totaal bebloede lichaam van de man lag op de rug, badend in een enorme plas bloed die bijna het hele oppervlak van de kamer besloeg. Een paar centimeter van hem vandaan lag de andere gangster, eveneens in zijn eigen bloed. De eerste gangster droeg een spijkerbroek en een wit overhemd en naast hem lag een wapen: een Thompson-machinepistool. De tweede gangster droeg een blauwe broek en een bruin overhemd. De derde zat met zijn rug naar het raam, in een nis, en dat was Dorda.

Ze kropen als ratten door de gangen, de rechercheurs.

Er zou een priester komen om hem te zegenen.

'Ik neem nog graag één shot en dan kunnen jullie komen.'

Voor de zekerheid werd er nog een paar keer vanuit de opening naar binnen geschoten en door het badkamerraam werden nog wat traangasgranaten gegooid. Er kwam geen reactie. Een politieman waagde zich de gang in en werd twee seconden later met kogels doorzeefd.

De buitendeur van het appartement hing als een versteend vaandel van de dood aan zijn onderste scharnieren en er zaten wel duizend kogelgaten in. Een tapijt van houtsplinters en een geur van rook, kruit en bloed vulde de gang.

Hij was altijd een interessant object voor artsen, voor psychiaters, geweest. De geboren crimineel, de man die al als kind het verkeerde pad is opgegaan, sterft volgens zijn eigen wetten. Het was een lot waar niet aan te ontkomen viel en waar hij naartoe werd geleid zoals Anselmo naar de tweedeklaswagon van de Zuidelijke Spoorlijn. Hij hield niet van het platteland, het was hem daar veel te vlak, en tijdens de siësta kneep hij ertussenuit en klom in de dorsmachines, waarin een ijzeren stoel met gaatjes zat waar je amper bij kon komen, zo hoog zat ie, en een hendel om te remmen. Hij had het geluk gehad op de trekpaarden te mogen rijden die voor de wagen werden gespannen, in een tuig dat met leren banden aan de singelband was bevestigd om de wagen uit de modder te trekken. Als ze hem dan de helling op hadden getrokken hielden ze halt bij de afrastering van prikkeldraad, om twee redenen, omdat je de weg kon overzien en omdat er in de heuvels vaak holen van *vizcachera*'s zaten en je die met behulp van de honden kon vangen.

Hij ging naar de stad en nam zijn intrek in een pension in Barracas, maar over deze periode had hij het nooit, van die tijd herinnerde hij zich bijna niets meer.

Binnen in de woning, in de slaapkamer, was na al die explosies van traangasgranaten en al dat mitrailleurvuur van het dubbele bed niet meer over dan een berg hout. Het droop overal van het bloed. Het leek wel alsof er in de woning een sloopbedrijf aan de slag was geweest, want van het binnenwerk was niets over, alleen de dragende muren stonden nog overeind.

De politiemannen durfden de drempel niet over. Het was op dat moment niet bekend of de drie gangsters zelfmoord hadden gepleegd, omgekomen waren bij een van de mitrailleursalvo's die vanuit de tegenoverliggende woning op de voordeur waren afgevuurd of gestorven waren door de handgranaat die vanaf de verdieping erboven was gegooid, door het gat dat met de boormachine in het plafond was gemaakt.

Dorda zat daar nog steeds, met zijn wapens binnen handbereik, en hij vroeg zich af hoe hij tot het laatste moment zou kunnen blijven schieten. Hij had zich net een shot cocaïne toegediend.

Weet je nog, Nene, dat je als jongetje midden op straat duiveneieren ging zoeken, 's zomers in Bolívar. Dat jullie in het modderige meer gingen zwemmen en de eitjes met een naald doorprikten en leegslurpten.

Er is niets over van het platteland, dat staat helemaal onder controle van politieagenten. Er flitsten van die beelden door zijn hoofd, een weg waarover een auto met gewapende mannen aan kwam rijden. Hun stemmen zeiden onbegrijpelijke dingen, praatten soms tegen hem in de zachte taal van het Poolse meisje in het bordeel. Wie weet wat ze wilde zeggen, hoeveel het arme kind geleden had, zo'n mooi meisje. Ze was hierheen gehaald met de valse belofte dat ze een man van stand zou trouwen, maar onmiddellijk na aankomst hadden ze haar op een boot gezet en naar het binnenland gebracht, waar ze in het huis van Madame Iñíguez (een Chileense) moest werken. Ze was een boerenmeisje, ze kon naaien en goulash koken en was gekomen om ver weg van de oorlog en de honger een gezin te stichten. Op een dag had hij, alsof hij in zijn slaap een stem had gehoord, bedacht dat het beter was om haar te vermoorden, hij hoorde dat zij hem vroeg haar te vermoorden. Hij wilde niet, had het niet gewild. Hij probeerde de gedachte uit zijn hoofd te zetten maar die had zich daar als een teek, als een bloedzuiger in vastgezogen, die stem, en de Gaucho sloot zijn ogen omdat het meisje naakt op het voeteneind van het bed zat, met haar rode haar dat tot aan het middel reikte, en in zijn hersens voelde hij een soort prikkeling als van schrikdraad, hoorde hij een stem die zei dat hij haar moest vermoorden, die tegen hem praatte in die taal van haar die niemand in deze streek begreep. En toch zeiden de woorden hem dat hij haar alsjeblieft moest redden, zodat ze niet langer hoefde te lijden tussen al die lompe boeren uit de naburige provincies ('de naburige provincies'), niemand begreep dat ze een Poolse prinses was en dat ze de eenzaamheid en het lijden ('het lijden') niet langer kon verdragen, ze hadden haar dochtertje Nadia van haar afgenomen, een arts had het meisje meegenomen want hij zei dat ze tyfus ('tyfus') had. Hij had haar honderd peso gegeven en het kind gewikkeld in een omslagdoek afgevoerd, en de moeder werd in een auto gezet en naar een bordeel in Chivilcoy gebracht (had Dorda aan Bunge verteld). En de Gaucho begreep de woorden die de Poolse, de gevangen prinses, zei alsof het wachtwoorden waren, ze vertelde hem dat ze haar in een auto hadden gezet en naar de provincie Santa Fe hadden gebracht om te werken met de landarbeiders die voor de oogst kwamen en dat ze met het kampement mee moest trekken, dat ze nu verloren was en in een speciaal kamertje woonde omdat de negers gek op haar waren omdat ze rood haar had en uit Europa kwam, maar ze wilde sterven en liet de Gaucho haar voeten strelen en haar als een dienaar dienen. En naakt voor de spiegel keek ze naar hem met die prinsessenogen van haar en vroeg hem haar te doden en de Gaucho gaf gehoor aan de stem die hem influisterde wat hij moest doen, zijn Beretta uit de schacht van zijn laars halen en tussen haar ogen richten, en op dat moment trok ze een tegelijk verbaasd en verbijsterd gezicht dat de Gaucho nooit meer zou vergeten, dat beeld zat voor altijd in hem gegrift, het idee dat ze op het laatste moment misschien bang was geworden, zoals zelfmoordenaars soms spijt krijgen en dan toch in leven proberen te blijven, en daar stond ze, helemaal naakt met haar rode haar los op haar rug, terwijl ze haar hand ophief, zo, in een vroom en verwonderd gebaar, terwijl de Gaucho haar hoofd eraf knalde.

Toen hadden ze hem naar het gekkenhuis gebracht en daar sloegen ze hem volledig in elkaar en spoten hem plat met injecties waar je een paard mee in slaap zou kunnen krijgen, spuiten waardoor hij in een levende dode veranderde, al zijn botten deden pijn en hij lag de hele dag op bed, moordenaar van weerloze vrouwen, stikkend in zijn dwangbuis, in een vertrek met andere gekken, die over de oorlog en de lotto praatten terwijl hij stilletjes nadacht en luisterde naar de stemmen en ook naar de stem van het Russinnetje dat hem vroeg haar te vermoorden, en op een avond kwam er een gek, Gekke Gálvez, met een draadschaar die hij uit de ziekenafdeling had gestolen en hij bevrijdde al die woeste gekken en liet hen ontsnappen. Het was kerst 1963 en iedereen was feest aan het vieren, en de Gaucho nam een trein in Gonnet en stapte uit op het station Constitución en vanaf toen sliep hij daar, en daar was hij ook el Nene tegengekomen, die met een koffer uit Mar del Plata kwam nadat hij een smak geld in het casino had gewonnen en die hem bekend voorkwam. Ze hadden als jongens samen in Batán gezeten, in het opvoedingsgesticht, en Brignone nam hem mee en liet hem bij zich wonen. Hij had nog altijd dat beeld van el Nene die met een vrolijk gezicht en zijn koffer in de hand over het perron kwam aanlopen, alsof hij naar hem op zoek was geweest. De Gaucho lag op een bank tegen de muur aan het eind van het perron en el Nene liep naar hem toe en zei: 'Ik ken jou, jij komt uit Santa Fe, jij bent de Blonde Gaucho, we hebben samen in Batán gezeten.'

Het geheugen van de Gaucho werkte niet goed, maar toen hij dat knappe, vrolijke gezicht in de ochtendnevel zag wist hij dat het waar was, dat el Nene in het licht van het station net een Christusbeeld was.

Commissaris Silva slaagde erin naar het appartement op de tweede verdieping te sluipen en wierp zich door de volledig verwoeste deur, waarbij hij met zijn machinepistool alle kanten op vuurde. De enige overgebleven gangster, Gaucho Dorda, was wankelend, 'op zijn laatste benen', overeind gekomen en richtte met grote krachtsinspanning zijn pistool op de commissaris maar wist hem niet te raken, hij was te zeer verzwakt en

merkte dat Silva te ver weg was zo in het late middaglicht. Toen liet hij zich vallen, als iemand die in slaap
valt na een doorwaakte nacht.

Met de nodige voorzorgsmaatregelen slopen de agenten naderbij en constateerden toen dat twee van de
gangsters (de Kraai Mereles en el Nene Brignone) dood
op de vloer lagen en dat de derde zwaargewond was, op
het randje van de dood.

Kort daarop klonk er een kreet van de politiechef
naar de agenten buiten, om aan te geven dat het vuren
gestaakt kon worden aangezien de gangsters geen
weerstand meer boden. Vanuit de positie waarin commissaris Silva zich bevond kon hij de voeten van een
van de misdadigers zien, van degene die vlak bij de
deur lag.

Toen de op het strijdtoneel aanwezige verslaggever
het appartement betrad, trof hij daar een dantesk
schouwspel aan. Er is geen ander adjectief om het
geheel te beschrijven. Het hele appartement zat onder
het bloed en het leek onmogelijk dat drie mannen zich
zo vastberaden en heldhaftig hadden weten te verzetten. Dorda leefde nog, hij leunde met zijn rug tegen het
verwoeste hoofdeinde van het bed, met el Nene als een
pop in zijn armen.

Twee ziekenbroeders kwamen binnen en tilden de
gewonde op, die maar bleef glimlachen, met wijd open
ogen en een onverstaanbaar gemompel op zijn lippen.
Toen ze Dorda over de trap naar beneden droegen,
stortten buren en toegestroomde nieuwsgierigen en
politieagenten zich op hem en sloegen hem buiten
bewustzijn. Een Christusfiguur, noteerde de jongeman
van *El Mundo*, de zondebok, de idioot die de pijn van
ons allemaal moet dragen.

De politieagenten kwamen in opstand toen ze hoorden dat een van de gangsters levend uit het gebouw gehaald zou worden. Onder het roepen van kreten als 'moordenaar' en 'maak hem af' verdrongen ze zich om de brancard en sloegen op de stervende in.

Bij het zien van het bebloede lichaam van Dorda, met gebroken botten, een wond aan zijn oog en een grote snee in zijn buik maar toch nog in leven, was de eerste reactie er een van stille verbijstering. De menigte dromde om hen heen en de ziekenbroeders bleven noodgedwongen staan.

Hij was de eerste die naar buiten werd gebracht, nog levend, de eerste die men zag van de verschrikkelijke misdadigers die zestien uur lang heroïsch hadden gevochten. Een broos lichaam met het gezicht van een bokser, een gewijd slachtoffer. Bij het zien ervan ging er een golf van haat door de omstanders en toen de eerste man begon met slaan, was het alsof de wereld instortte en de dijken van de wraakzucht doorbraken.

De ongelukkige man kreeg een lawine van bijna niet te beheersen emotie over zich heen. Vier of vijf politieagenten en journalisten sloegen met hun wapens en hun camera's op hem in, en de gewonde gangster werd één grote, nog levende en kloppende klomp bloed die maar door bleef glimlachen en mompelen, zo leek het. Heilige Maria, Moeder van God, bid voor ons zondaars, bad de Gaucho. Hij zag de kerk en de priester die op hem zat te wachten. Als hij kon biechten zou hij misschien vergiffenis kunnen krijgen, zou hij tenminste kunnen uitleggen waarom hij dat roodharige meisje had vermoord, dat hij dat gedaan had omdat de stemmen hem hadden gezegd dat ze niet langer wilde leven. Maar hij wilde op dat moment wel blijven leven. Hij wilde weer bij het naakte lichaam van el Nene zijn, met zijn armen om hem heen in een bed liggen, in een hotel ergens in de provincie.

De lawine kwam van alle kanten en honderden stemmen verhieven zich naar de zware avondzon en vroegen om zijn dood.

'Maak hem dood …! Vooruit …! Maak hem dood!'

Nooit eerder was zoiets vertoond, volgens sommigen werd het collectieve gebrek aan zelfbeheersing op dat moment gerechtvaardigd door de schade die de maatschappij en haar wetten op verschrikkelijke en wrede wijze door de criminelen was berokkend.

Het verlangen naar wraak – misschien wel de eerste vonk van de bliksem die in de menselijke geest slaat als deze gekwetst is – ging als een elektrische schok door de menigte. En de menigte drong naar voren: honderden mannen en vrouwen van alle rassen en standen roepend om wraak.

Het politiekordon richtte dus niets uit en het regende van alle kanten klappen, schoppen, vuistslagen, fluimen en beledigingen op de bloedige massa waar Dorda nog slechts uit bestond.

Ten slotte werd hij uit het tumult bevrijd en in een ambulance gezet die hem naar het Maciel Ziekenhuis moest brengen. Het was kwart over twee 's middags en de ambulance waar ze hem eindelijk in wisten te schuiven ging op in de zee van mensen.

Toen sprak de chef van de Argentijnse politie en zijn stem was als olie op de golven van de kolkende menigte.

Hij verzocht iedereen kalm te blijven zodat justitie haar werk kon doen, hij vroeg tijd om de gebeurtenissen te laten bezinken en het diepe verdriet bij de herinnering aan de doden te verwerken.

'Ik heb hem de laatste klap gegeven,' zei Silva. En in de zinderende middaglucht hief hij zijn bebloede rechtervuist boven de hoofden van de menigte.

De tranen stroomden over commissaris Silva's grove, ronde gezicht en vermengden zich met het zweet, de middaghitte, het traangas dat nog traag in de kruinen van de bomen hing en de scherpe geur van het bloed van de twee politiemannen die 's ochtends op de drempel van het pand waren gedood …

Tegen de richting in en met loeiende sirene reed de ambulance op volle snelheid door de Calle Canelones naar het Maciel Ziekenhuis. Het is ze niet gelukt me te doden en het zal ze niet lukken ook. Hij voelde de smaak van het bloed op zijn lippen en de pijn van een gebroken tand, en door de sluier voor zijn ogen zag hij het witte middaglicht. Mijn moeder heeft altijd geweten dat het mijn lot was niet begrepen te worden en niemand heeft me inderdaad ooit begrepen, maar toch heb ik voor elkaar gekregen dat een paar mensen van me hebben gehouden. Ach, vader, zei hij als een echo uit het verre verleden, het bonte paard zal me hier weg komen halen. Dan zou hij eindelijk weer bij el Nene Brignone zijn, in het open veld, in het koren, in de vredige nacht. De sirene van de ambulance klonk steeds zachter en stierf weg toen de wagen om de hoek van de Calle Herrera verdween, en eindelijk was het weer leeg in de straat.

Epiloog

Deze roman vertelt een waargebeurd verhaal. Het gaat om een niet heel belangrijke en inmiddels vergeten zaak uit de politieannalen, die echter voor mij, naarmate ik er verder in dook, het licht en de pathos van een legende kreeg. De gebeurtenissen vonden tussen 27 september en 6 november 1965 plaats, in twee verschillende steden (Buenos Aires en Montevideo). Ik heb de chronologische volgorde en de taal van de hoofdpersonen en de getuigen van deze geschiedenis (zo veel mogelijk) gerespecteerd. De weergegeven dialogen en meningen komen niet altijd exact overeen met de plaats waar ze zijn uitgesproken, maar de uitlatingen en handelingen van de personages heb ik steeds aan de hand van bestaand materiaal gereconstrueerd. Door het hele boek heen heb ik getracht het stilistische register en de 'metaphorischen Gestus' (zoals Brecht het noemde) van sociale vertellingen met als thema illegaal geweld te handhaven.

De manier waarop het feitenmateriaal is gebruikt werd ingegeven door de eisen die de handeling stelde, maar als ik de feiten niet kon toetsen aan rechtstreekse bronnen heb ik ervoor gekozen bepaalde gebeurtenissen weg te laten. De grote open vraag ('het fantastische moment') van het boek is dan ook de mysterieuze verdwijning van Enrique Mario Malito, de leider van de bende. Niemand weet werkelijk wat er met hem gebeurd is in de uren die volgden op de belegering. Er bestaan verschillende hypothesen over zijn lot, maar ik heb me gehouden aan de plot die de hoofdpersonen hebben geweven.

Er wordt wel beweerd dat hij zich van de bende heeft losgemaakt op het moment dat ze betrapt werden bij het verwisselen van de nummerplaten van de Studebaker en dat hij in de Hillman zat die vlak voor de confrontatie met de politie door de Calle Marmarajá wegreed. Hij had een afspraak met Brignone voor de volgende dag, maar door de reeks arrestaties en de omsingeling van het appartement werd het contact verbroken. Volgens de meest waarschijnlijke versie heeft hij, ondanks het feit dat hij geïsoleerd was en zonder contacten zat, weten te ontsnappen, is naar Buenos Aires overgestoken en in 1969 bij een vuurgevecht in Floresta om het leven gekomen. Volgens de meest bizarre versie heeft hij vlak voordat de politie arriveerde via het dak van het gebouw weten te ontkomen, zich twee dagen in een watertank verborgen, is vervolgens naar Paraguay gegaan en heeft daar tot zijn dood (hij overleed in 1982 aan kanker) onder een valse naam (Aníbal Stocker, volgens de bronnen) in de hoofdstad Asunción gewoond.

Wat betreft Gaucho Dorda: die herstelde van zijn verwondingen, werd uitgeleverd aan Buenos Aires en stierf het jaar daarop, vermoord bij een oproer in de Caceros-gevangenis (naar het schijnt geëxecuteerd door een infiltrant van de politie). Tijdens zijn verblijf in het ziekenhuis en in de gevangenis (in Uruguay) is hij in januari en februari 1966 geïnterviewd door een journalist van dagblad *El Mundo* uit Buenos Aires en een deel van Dorda's verhaal werd in twee speciale afleveringen, op 14 en 15 maart 1966, in deze krant gepubliceerd.

Naast dit materiaal heb ik inzage gehad in de transcriptie van de verhoren van Dorda die zijn opgenomen in de archieven van de zaak, en in de psychiatrische rapporten van dr. Amadeo Bunge. Ik ben mijn vriend, de openbare aanklager Aníbal Reynal, zeer dankbaar dat hij mij in staat heeft gesteld dit materiaal in te zien en te ordenen. Van grote waarde is de hulp geweest van de officier van justitie van het 12e arrondissement in Montevideo, dr. Nelson Sassia, die me toestemming heeft gegeven getuigenverklaringen en gerechtelijke stukken van deze zaak te gebruiken. Zo kreeg ik de getuigenverklaringen van onder anderen Margarita Taibo, Nando Heguilein en Yamandú Raymond Acevedo onder ogen. In Buenos Aires heeft advocaat Raúl Anaya me in staat gesteld de processen-verbaal in te zien van de verhoren van Blanca Galeano, Fontán Reyes, Carlos Nino en andere verdachten. Ook heb ik inzage gekregen in de verklaring van commissaris Cayetano Silva in het interne vooronderzoek waaraan hij door de politie is onderworpen vanwege vermeende corruptie (waarvan hij is vrijgesproken).

Een andere belangrijke bron voor dit boek was de transcriptie van de geheime bandopnamen die de politie in het appartement aan de Calle Herrera y Obes heeft gemaakt en die ik mocht beluisteren van dr. Sassia, die me ook toestemming gaf dit vertrouwelijke materiaal te gebruiken. In november 1965 publiceerde het Montevideaanse tijdschrift *Marcha* een uitvoerig interview van Carlos M. Gutiérrez met de Uruguayaanse radiotelegrafist Roque Pérez, die verantwoordelijk was voor de techniek van de bandopnamen.

Natuurlijk heb ik ook archieven van kranten uit die tijd geraadpleegd, vooral die van *Crónica*, *Clarín*, *La*

Nación en *La Razón* uit Buenos Aires en *El Día, Acción, El País* en *Debate* uit Montevideo. Bijzonder nuttig waren vooral de artikelen van een journalist met de initialen E.R., die eerst verslag deed van de overval en vervolgens als speciale reporter van het Argentijnse dagblad *El Mundo* naar Montevideo werd gestuurd. Zonder dit materiaal, dat ik vrijelijk heb weergegeven, zou het voor mij onmogelijk zijn geweest de in dit boek vertelde gebeurtenissen waarheidsgetrouw te reconstrueren.

Dankzij de grootmoedigheid van mijn vriend de beeldhouwer Carlos Boccardo, die ten tijde van de gebeurtenissen in de Calle Julio Herrera y Obes in Montevideo woonde, kreeg ik allerlei aanvullend materiaal in handen dat me in staat stelde de geschiedenis vanuit verschillende gezichtspunten te beschrijven.

De eerste band met de in dit boek vertelde geschiedenis ontstond (zoals bij elk verhaal dat niet verzonnen is) bij toeval. Op een avond, eind maart of begin april 1966, leerde ik in de trein naar Bolivia Blanca Galeano kennen, die in de kranten 'de geliefde' van de crimineel Mereles werd genoemd. Ze was zestien maar leek wel een vrouw van dertig, en ze was op de vlucht. Ze vertelde me een krankzinnig verhaal dat ik maar half geloofde. Ik vermoedde dat haar verhaal erop gericht was dat ik haar maaltijden in de restauratiewagen zou betalen (wat ook gebeurde). In de lange uren van deze tweedaagse reis vertelde ze me dat ze net uit de gevangenis kwam, dat ze zes maanden had vastgezeten wegens lidmaatschap van een criminele organisatie, namelijk die van de overvallers van de bank in San Fernando, en dat ze in ballingschap in La Paz ging wonen. Ze vertelde me een eerste, verwarde versie van de feiten waarvan ik me vaag herinnerde er een paar maanden eerder over in de kranten te hebben gelezen.

Dat meisje, dat het over een gangster had die haar de andere kant van het leven had leren kennen en nu dood was, met kogels doorzeefd na vijftien uur lang als een held verzet te hebben geboden, vormde de eerste aanzet om me in het verhaal te verdiepen. 'Er waren wel driehonderd agenten en zij hadden zich in dat appartement verschanst en niemand kon ze eruit krijgen,' vertelde het meisje op een toon die vijandig klonk, de toon van iemand die over een nederlaag vertelt. Het meisje was van school gegaan en aan de cocaïne geraakt (wat ik onderweg algauw in de gaten kreeg), ze beweerde de dochter van een rechter te zijn en zei dat ze zwanger was van de Kraai. Ze vertelde me over de tweeling, el Nene Brignone en Gaucho Dorda en over Malito en de Kromme Bazán, en ik luisterde ernaar alsof ik bij een Argentijnse versie van een Griekse tragedie aanwezig was. De helden besluiten het onmogelijke te trotseren en zich te verzetten en kiezen de dood als hun lot.

Ik stapte in San Salvador de Jujuy uit om door te reizen naar Yaví, waar ik de processie van de Heilige Week wilde bijwonen. De trein stopte een halfuur om op een ander spoor over te gaan en we namen afscheid van elkaar in een bar op het perron, waar we Braziliaans bier dronken. Het meisje vervolgde in haar eentje de reis naar La Paz en ik heb haar nooit meer gezien. Ik weet nog dat ik in de trein en op het station en later in het hotel wat aantekeningen heb gemaakt van wat ze me had verteld (in die tijd was ik namelijk van mening dat een schrijver altijd en overal een notitieboekje bij zich moest hebben). Korte tijd later (in 1968 of 1969) begon ik research te doen en schreef ik een eerste versie van dit boek.

Voor mij blijft het altijd een raadsel waarom bepaalde verhalen jarenlang niet op papier gezet willen worden en gewoon tijd nodig hebben. Ik stopte met het project in 1970 en stuurde de voorlopige tekst en het documentatiemateriaal naar het huis van mijn broer. Veel later, tijdens een verhuizing, stuitte ik op de doos met de belangrijkste resultaten van mijn onderzoek en de eerste versie van mijn boek. In de zomer van 1995 begon ik de roman helemaal opnieuw te schrijven, waarbij ik me volledig aan de feiten probeerde te houden. De gebeurtenissen hadden inmiddels zo lang geleden plaatsgevonden en waren zo definitief afgesloten, dat het verloren herinneringen leken van iets wat ik zelf had meegemaakt. Ik was ze bijna vergeten en na meer dan dertig jaar kwamen ze me als nieuw en bijna onbekend voor. Die afstand heeft me geholpen en zo kon ik het verhaal schrijven alsof ik een droom beschreef.

Het lijkt alsof deze droom begint met een beeld. Ik zou dit boek graag afsluiten met de herinnering aan dat beeld, dat wil zeggen met de herinnering aan het meisje dat per trein naar Bolivia reist en uit het raampje leunt en me ernstig aankijkt, kalm en zonder naar me te zwaaien, terwijl ik op het perron van het lege station sta en haar in de verte zie verdwijnen.

Buenos Aires, 25 juli 1997